Amor
encubierto

Sara Craven

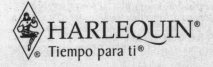

NOVELAS CON CORAZÓN

Editado por HARLEQUIN IBÉRICA, S.A.
Hermosilla, 21
28001 Madrid

I.S.B.N.: 84-396-9824-0
Depósito legal: B-34010-2002
Editor responsable: M. T. Villar
Diseño cubierta: María J. Velasco Juez
Composición: M.T., S.L.
Avda. Filipinas, 48. 28003 Madrid
Fotomecánica: PREIMPRESIÓN 2000
c/. Matilde Hernández, 34. 28019 Madrid
Impresión y encuadernación: LITOGRAFÍA ROSÉS, S.A.
c/. Energía, 11. 08850 Gavá (Barcelona)
Fecha impresion para Argentina:2.2.03
Distribuidor exclusivo para España: LOGISTA
Distribuidor para México: PUBLICACIONES SAYROLS, S.A. DE C.V.
Distribuidores para Argentina: interior, BERTRAN, S.A.C. Vélez
Sársfield, 1950. Cap. Fed./ Buenos Aires y Gran Buenos Aires,
VACCARO SÁNCHEZ y Cía, S.A.
Distribuidor para Chile: DISTRIBUIDORA ALFA, S.A.

Capítulo 1

LA habitación estaba en penumbra. La luz de la luna se colaba por las rendijas de la persiana y se reflejaba en las baldosas del suelo.

El murmullo del ventilador del techo que removía el aire caliente de la habitación apenas era perceptible por el incesante canto de los grillos del jardín.

Unas pisadas masculinas se acercaron a la cama y una voz ronca le susurró al oído:

–Katharina.

Ella se movió lánguidamente entre las sábanas de hilo que cubrían su desnudez. Con una sonrisa de bienvenida en los labios, alzó los brazos hacia él...

Con un sobresalto, Kate se incorporó en la cama con la garganta en tensión y el corazón latiéndole violentamente.

Se obligó a respirar con calma mientras miraba a su alrededor para asegurarse de que estaba en su habitación, en su piso. En la ventana había cortinas y no persianas. Y afuera, el único sonido perceptible era el del tráfico de Londres.

Un sueño, pensó. Solo había sido eso, un mal sueño. Otra pesadilla.

Al principio, le había sucedido casi a diario y, aunque su mente intentaba racionalizar lo sucedido, no lo conseguía; el daño y la traición habían calado demasiado hondo. Los sucesos del año anterior siempre estaban ahí, en algún lugar de su mente, afectando a su subconsciente.

Afortunadamente, después de un tiempo, las pesadillas habían empezado a ser ocasionales: no tenía una desde hacía unas dos semanas.

Ya pensaba que había empezado a curarse.

Y ahora otra vez...

¿Sería un presagio? ¿Llegarían noticias suyas? ¿La llamada o la carta concediéndole la ansiada libertad?

No tenía ni idea. Ella había hecho todo lo que había podido con la ayuda de un abogado...

–Pero, señora Theodakis, usted tiene derecho...

Ella lo paró en seco.

–No quiero nada –le respondió–. Nada de nada. Hágame el favor de comunicárselo a la otra parte. Y, por favor, no vuelva a usar ese nombre; prefiero que me llame señorita Dennison.

El hombre había asentido, pero su expresión le decía con claridad que el nombre no cambiaba la situación.

Se había quitado la alianza; pero no le resultaba igual de fácil sacarse los recuerdos de la memoria. Todavía era la mujer legal de Michael Theodakis y así continuaría hasta que él aceptara la demanda de divorcio que ella había interpuesto.

Cuando fuera libre, las pesadillas cesarían, se dijo a sí misma. Entonces, podría volver a ordenar su vida.

Esa era la promesa que la había mantenido en pie durante los días oscuros y las noches interminables desde que dejó a Mick y a aquella farsa de matrimonio.

Se rodeó las rodillas con los brazos al sentir un pequeño escalofrío. Tenía el camisón empapado en sudor y pegado al cuerpo.

Estaba cansada.

Su trabajo como guía turista era agotador; sin embargo, no podía dormir. Su cuerpo estaba totalmente despierto, intranquilo con la necesidad y el deseo que intentaba evitar.

¿Cómo podía ser su recuerdo tan fuerte?, se preguntó con desesperación. ¿Por qué no podía olvidarlo con la misma facilidad con la que él parecía haberla olvidado a ella? ¿Por qué no respondía a las cartas de su abogado o daba instrucciones al equipo de abogados que trabajaban para el clan todopoderoso de los Theodakis?

Con todo su dinero y su poder, deshacerse de una esposa no deseada era la cosa más fácil del mundo. Se pasaba el día firmando papeles. ¿Qué importaría una firma más?

Se volvió a tumbar en la cama y se arropó con la sábana. Se acurrucó para que la extensión a su lado no pareciera tan vacía y desoladora.

Eran casi las ocho de la tarde cuando llegó a casa al día siguiente. Se sentía exhausta. Había pasado el día con un grupo de treinta japoneses muy educados que habían mostrado mucho interés; pero ella no había estado en plena forma.

Es noche se tomaría una de las pastillas que el médico le recetó cuando volvió de Grecia. Necesitaba ese trabajo y, aunque solo fuera temporal, no podía permitirse el lujo de perderlo.

Cuando volvió a Inglaterra, todos los puestos permanentes estaban ocupados. Afortunadamente, su antigua compañía de viajes Halcyon Club se mostró encantada de contratarla para el verano. Kate insistió en que no viajaría a ninguna de las islas griegas.

En su camino hacia las escaleras, se detuvo a recoger la correspondencia. Se trataba de cartas del banco y alguna propaganda y... una carta con un sello de Grecia.

Se quedó mirando el sobre con la dirección perfectamente mecanografiada.

«Me ha encontrado», pensó. «Sabe dónde estoy; pero ¿cómo es posible?»

Y ¿por qué contactaba directamente con ella cuando ella solo se había comunicado con él a través de su abogado?

Pero ¿cuándo había seguido Mick Theodakis alguna regla que no hubiera establecido él mismo?

Subió las escaleras despacio, consciente de que le estaban temblando las piernas. Cuando llegó a la puerta, tuvo que hacer un esfuerzo para meter la llave en la cerradura.

En la sala de estar, dejó la carta sobre la mesa como si quemara y se dirigió al contestador automático. Quizá, si Mick se había puesto en contacto con ella, también hubiera llamado a su abogado y la respuesta que tanto esperaba hubiera llegado por fin.

En lugar de eso, sonó la voz preocupada de Grant:

–Kate, ¿estás bien? No me has llamado esta semana. Cariño, llámame, por favor.

Kate suspiró y se dirigió al dormitorio para quitarse el traje de chaqueta azul marino que constituía su uniforme.

Era muy amable por su parte, pero sabía que lo que había detrás de aquellas llamadas era algo más que amabilidad. Quería volver a tenerla, que su relación volviera a ser la de antes, incluso avanzar un paso más. Daba por sentado que ella quería lo mismo. Que, al igual que él, consideraba el año anterior un periodo de locura transitoria, que gracias a Dios ya había terminado. Creía que cuando obtuviera el divorcio se casaría con él.

Pero Kate sabía que eso nunca sucedería. Grant y ella no habían estado comprometidos de manera oficial cuando ella se marchó a trabajar a Zycos, en el mar Jónico; pero ella había intuido que, cuando acabara la temporada, le pediría que se casara con él, y ella habría aceptado. No lo habría dudado. Era guapo, coincidían en algunos gustos y, aunque sus besos no la hacían arder de pasión, disfrutaba con ellos lo bastante como para desear que su relación se consumara.

Las semanas que había estado en Zycos lo había echado de menos, le había escrito cada semana y había esperado, casi con anhelo, sus llamadas telefónicas.

Todo eso era, sin duda, suficiente para casarse.

Probablemente, Grant pensaba que seguía siéndolo; pero ella había cambiado. Ya no era la misma persona y pronto tendría que decírselo, pensó sintiéndose realmente mal.

Se quitó el vestido y lo colgó de una percha. Debajo llevaba ropa interior blanca, bonita y práctica, pero nada sexy. Un conjunto totalmente diferente a la lencería exquisita que Mick le había comprado en París y en Roma. Prendas de encaje y seda para satisfacer los ojos de un amante.

Pero ya no había amor, y nunca lo había habido.

Se puso la bata de estar en casa y se la ató con fuerza. Después, se deshizo de la pinza con la que se había recogido su melena rojiza en la base de la nuca y sacudió la cabeza para que el pelo le cayera en cascada por los hombros.

«Igual que una llama ardiente», le había dicho Mick con la voz ronca, introduciendo los dedos en la melena para llevársela a los labios.

Kate se puso tensa al decirse que no debía pensar en eso. No podía permitirse tener esos recuerdos.

Quería alejarse del espejo, pero algo la mantenía allí, examinándose con frialdad.

¿Cómo podía haber soñado alguna vez que ella podía atraer a un hombre como Mick Theodakis?, se preguntó sombría.

Nunca había sido una belleza. Tenía la nariz demasiado larga y la mandíbula demasiado angulosa. Pero tenía los pómulos prominentes y las pestañas largas, y los ojos, grises verdosos, eran bonitos.

«Humo de jade», había dicho Mick de ellos...

Y era más afortunada que la mayoría de las pelirrojas porque su piel se bronceaba sin quemarse. Todavía le duraba el bronceado que había adquirido en Grecia. Todavía se notaba en su dedo la marca blanca de la alianza. Pero esa era la única señal que había en su cuerpo porque Mick siempre la había animado a que se uniera a él a tomar el sol desnuda en la piscina privada.

Oh, Dios. ¿Por qué se estaba haciendo aquello? ¿Por que se permitía pensar en cosas así?

Se alejó del espejo con tensión y se dirigió hacia la cocina a prepararse una taza de café bien cargado. Si tuviera coñac, probablemente habría añadido un poco.

Entonces, se sentó en la mesa y se preparó para abrir el sobre.

Era molesto saber lo fácil que le había resultado encontrarla. Parecía estarle mostrando su poder sobre ella en cualquier parte del mundo.

Abrió el sobre con decisión y se quedó mirando la cartulina blanca atónita. ¡Era una invitación de boda! Lo último que esperaba encontrar.

Se trataba de Ismene, la hermana pequeña de Mick, que por fin se casaba con su Petros. Pero, ¿por qué diablos le enviaban a ella una invitación?

Con el ceño fruncido leyó la nota que venía con la invitación.

Querida Katharina:
Papá me ha dado por fin su permiso y me siento muy feliz. Nos vamos a casar en el pueblo en octubre y me prometiste que estarías conmigo el día de mi boda. Dependo de ti, hermana.
Tu querida Ismene.

Kate estrujó la nota en la mano. ¿Ismene estaba loca o solo era demasiado inocente?, se preguntó.

No podía creer de verdad que iba a ir a la boda después de haberse separado de su hermano. Aunque se lo hubiera prometido cuando vivía en una estúpida nube.

Ella ya no era la misma persona, pensó Kate.

Pero ¿por qué habría permitido Mick que le mandaran aquella invitación? Aunque, sabiendo lo impulsiva que era Ismene, probablemente, ni le había consultado.

También le sorprendía que Aristóteles Theodakis, el poderoso patriarca de la familia, hubiera autorizado aquel matrimonio. Cuando ella vivía bajo su mismo techo en Villa Dionisio, siempre se había opuesto; ningún simple médico era lo suficientemente bueno para su hija, aunque fuera el hijo de un amigo.

Cada día se podían escuchar los gritos del padre y los llantos de la hija por aquel motivo. Un día, Mick ya no aguantó más y decidió que se marchaban a la casa de la playa, donde se quedaron hasta...

Kate dio un sorbo al café, pero el líquido caliente no hizo nada para derretir el hielo que sentía en la boca del estómago.

Aquellas semanas habían sido las más felices de su vida. El sol había brillado día tras día y la luna noche tras noche. Fuera de la casa, solo se oían los cantos de los pájaros y de los grillos, el murmullo de la brisa colándose entre los pinos y el arrullo del mar.

Y sobre todo, el susurro de las palabras de Michael en su oído.

Con sus caricias, la había animado a dejar su timidez a un lado, a dar y a recibir cuando hacían el amor. Y a sentirse orgullosa de su cuerpo delgado, sus piernas largas, su cintura estrecha y sus pechos pequeños y turgentes.

Y ella había sido una alumna ávida de conocimientos, pensó con amargura. ¡Qué fácilmente se había rendido a su habilidad como amante! Le robaba el aliento cuando sus cuerpos desnudos se unían en la pasión.

Tan hechizada había estado por las nuevas experiencias sexuales que Mick le había enseñado, que las había confundido con amor.

Sin embargo, ella solo había sido un entretenimiento pasajero, una novedad. La pantalla de humo que él necesitaba para olvidarse de su verdadero amor.

El café le supo realmente amargo y apartó la taza sintiendo náuseas.

No podía permitirse ir a la boda de Ismene. Durante los meses que habían pasado juntas, se habían hecho buenas amigas y sabía que la joven la echaría de menos al tener solo a Victorine. De hecho, la nota le había parecido un grito de auxilio.

Pero no debía pensar así. En particular, no podía permitirse el lujo de pensar en Victorine, la belleza griega que dominaba la vida de Aristóteles Theodakis y de Mick.

Escribiría una nota formal para disculparse.

Dejó la invitación sobre la mesa y se levantó. Se sentía débil y necesitaba comer algo, aunque no tenía apetito.

El día siguiente se le presentaba agotador. Tenía un grupo de colegiales franceses a los que debía pasear por Londres.

Lo mejor sería darse una ducha y acostarse temprano para intentar recuperar horas de sueño.

Se dio una ducha rápida y, cuando estaba a punto de meterse en la cama, alguien llamó a la puerta.

Kate suspiró. Debía de ser la señora Thursgood, la anciana que vivía en la planta de abajo. Solía recoger los paquetes que llegaban para los otros inquilinos mientras ellos estaban en el trabajo.

Era una mujer muy amable, pero, también, muy curiosa. Probablemente, esperaría que le ofreciera una taza de té a cambió del favor de recoger los libros que esperaba.

Kate esbozó una sonrisa y abrió la puerta.

Se quedó petrificada y sintió que la sangre se le helaba en las venas.

—Mi amada esposa —dijo Michael Theodakis con suavidad—. *Kalispera*. ¿Puedo pasar?

—No —respondió ella con la voz distorsionada. Sentía que se iba a desmayar y no podía permitirse semejante debilidad.

Dio un paso hacia atrás.

—No —repitió con más vehemencia.

Él estaba sonriendo y parecía muy tranquilo.

—Pero no podemos tener una conversación civilizada en la puerta, *agapi mou*.

—No tengo nada que decirte, ni en la puerta ni en ninguna otra parte. Habla con mi abogado todo lo que quieras.

—Qué descortés —dijo él—. Después del viaje tan largo que he hecho para verte. Esperaba que hubieras aprendido algo de la hospitalidad griega.

—Ese no es el aspecto de mi vida contigo que mejor recuerdo —dijo Kate, empezando a recuperar el aliento–. Y yo no te invité; así que, por favor, márchate.

Mick levantó las dos manos, rindiéndose divertido.

–Tranquila, Katharina. No he venido aquí a pelearme, sino a negociar un acuerdo pacífico. ¿No es eso lo que tú quieres?

–Yo quiero un divorcio rápido. Y no volverte a ver nunca más.

–Continúa –dijo él con los ojos negros clavados en ella–. Seguro que tienes un tercer deseo.

–Esto no es un cuento de hadas.

–Es cierto. Para serte sincero, todavía no sé si se trata de una comedia o una tragedia.

–¿Sincero? –repitió Kate con una sonrisa cínica–. Tú no sabes lo que es eso.

–Sin embargo, no pienso marcharme hasta que no hablemos, *gineka mou*.

–No soy tu esposa –dijo ella cortante–. Renuncié a ese dudoso honor cuando me marché de Cefalonia. Ya te dejé claro en mi nota que nuestro matrimonio se había acabado.

–Era un modelo de claridad. Me la he aprendido de memoria. Y el hecho de que también dejaras tu alianza añadía un énfasis especial.

–Entonces debes entender que no hay nada de qué hablar. Ahora, por favor, márchate. Mañana tengo un día muy duro y quiero acostarme.

–No te acostarás con el pelo mojado. Eso es algo que recuerdo de nuestro matrimonio, Katharina.

Él entró y cerró la puerta con el pie.

–¿Cómo te atreves? –dijo ella con la cara encendida–. Márchate de aquí antes de que llame a la policía.

–¿Por qué? ¿Te he molestado alguna vez? ¿O te he forzado a hacer algo que tú no quisieras?

Mick observó que se ponía roja.

–¿Por qué no te sientas y te secas el pelo mientras escuchas lo que tengo que decirte? A menos que quieras que te lo seque yo –añadió con suavidad.

Ella se atragantó y meneó la cabeza sin atreverse a decir nada.

No era justo. No tenía ningún derecho a recordarle la intimidad que un día compartieron.

La bata de algodón le llegaba hasta los pies; pero ella no podía olvidar que no llevaba nada debajo. Él también lo sabía y estaba disfrutando con su incomodidad.

De repente, la habitación parecía haber encogido. Su presencia la dominaba, física y emocionalmente. Invadiendo su espacio.

Él llevaba el pelo negro ondulado peinado hacia atrás y su rostro era orgulloso. Sus labios tenían un toque sensual que cuando sonreían hacían que su corazón se encogiera.

Llevaba un traje oscuro que acentuaba la arrogancia de su cuerpo alto y delgado.

Observó que en el dedo anular todavía llevaba la alianza.

¿Cómo podía ser tan hipócrita?, se preguntó Kate atónita.

–¿Has recibido la invitación de Ismene?

–Ha llegado hoy.

–¿Todavía no has tenido tiempo de responderla?

–No me llevará mucho. Por supuesto, no voy a ir.

–Precisamente de eso he venido a hablar contigo.

–¿Crees que me vas a hacer cambiar de opinión?

–Pensé que había una posibilidad –dijo él muy seguro de sí mismo–. De hecho, creo que podríamos intercambiar favores.

Se hizo un silencio y después Kate preguntó:

–¿A qué te refieres?

Él se encogió de hombros.

–A que tú quieres un divorcio rápido; por la vía normal, el proceso podría durar años.

–¡Eso es chantaje! –dijo ella con un temblor en la voz.

–¿Ah, sí? Pero quizá yo no esté de acuerdo con que nuestro matrimonio «se haya roto de manera irreparable» como tú alegas en tu petición de divorcio.

–Pero así ha sido. Estoy segura de que tú también debes estar deseando divorciarte.

–Te equivocas, *agapi mou*; no tengo ninguna prisa.

«Claro que no», pensó ella. «No, mientras tu padre siga vivo y Victorine siga con él».

–¿No crees que la gente se extrañará de verme allí?

–No me interesa lo que los demás piensen. Además, solo saben que llevamos un tiempo separados. El motivo lo desconocen.

–Espero que no estés pensando en representar ningún papel; no soy buena actriz –dijo Kate con acidez–. Además ¿para que quieres que vaya?

—¿He dicho que yo quiera? Estoy aquí por Ismene, no por mí.

Ella no lo miró.

—¿Cómo una invitada normal? ¿Nada más?

Él se burló de ella:

—Pero, Katharina ¿has pensado que he estado durmiendo todo este tiempo solo? ¿Que he estado soñando con tu regreso? Qué inocente eres.

—No —respondió ella—. Ya no.

Los dos se quedaron en silencio durante un rato.

—Tengo que pensármelo —añadió después de un rato.

Él asintió. Caminó hacia la puerta y se paró para echar un vistazo a la habitación.

—Así que por esto es por lo que me has dejado. Espero que merezca la pena.

—No necesito lujos para ser feliz —dijo ella desafiante.

—Evidentemente —dijo él—, si así eres feliz...

La miró fijamente con una media sonrisa en los labios y se marchó.

Capítulo 2

KATE se quedó como una estatua, mirando fijamente la puerta cerrada, sintiendo que un dolor agudo le atravesaba el pecho.

Al rato, emitió un pequeño grito de angustia y corrió hacia su habitación. Se tiró sobre la cama y agarró la colcha con los puños cerrados.

–¡Imbécil! –dijo en voz alta–. ¡Imbécil! –repitió con más furia.

¿Realmente había pensado que se podía escapar con facilidad? ¿Que Michael Theodakis permitiría que la chica que había sacado de la nada lo dejara?

No era que ella le importara lo más mínimo, ni tampoco su matrimonio. Pero el hecho de que ella se hubiera marchado había herido su orgullo. Y eso, por supuesto, era un pecado imperdonable.

Su propio orgullo no contaba.

Ni siquiera le había preguntado por qué se había marchado. Pero ya lo sabría, alguien se lo habría dicho.

Ni siquiera se había molestado en dar una explicación o una disculpa. Por supuesto. A sus ojos, ella era la culpable, por no hacer oídos sordos a sus infidelidades.

Después de todo, solo tenía que haberse dedica-

do a disfrutar de todos los millones de la familia.
Mick tenía una casa a las afueras de Atenas, un
piso magnífico en París y otro en Nueva York, y le
había regalado un montón de ropa y de joyas, regalos que ella había dejado cuando se marchó.

Mick debía pensar que con ellos compraba su
silencio, su discreción.

Pero, aquella tarde, cuando se enteró...

Un escalofrío le recorrió todo el cuerpo y se
agarró a la colcha con más fuerza.

Pero nada podía alejar aquella imagen de su cerebro: Mick tumbado desnudo y dormido en la
cama, la cama de los dos, y Victorine sentada en el
tocador cepillándose el pelo, con nada más que
una toalla alrededor.

Y ahora, a pesar de eso, él le pedía que estuviera a su lado en la boda de Ismene, representando el
papel de esposa sumisa. Como si ella le debiera
algo...

Pero solo tendría que representar el papel durante el día, se recordó. Al menos, no tendría que
fingir por la noche.

Y él tampoco. Ya nunca más.

¿Cómo podría un hombre hacer eso?, se preguntó con odio. ¿Cómo podía hacerle el amor a
una mujer cuando amaba a otra?

Y todos aquellos apasionados momentos cuando
su cuerpo moreno la había transportado al paraíso...
¿cómo podían haber significado tan poco para él?

Pero quizá el sexo hubiera sido como la ropa o
las joyas. Una de las concesiones por ser la señora
de Michael Theodakis.

Pero eso no era suficiente. Porque ella quería

amor. Y eso era algo que él nunca le había ofrecido. Al menos, había sido sincero en eso.

Probablemente, había encontrado su inexperiencia divertida, pensó ella sintiéndose cada vez más furiosa con él.

La furia era buena. Segura. Mantenía las lágrimas y el dolor por la traición a raya. Ya no se podía permitir derramar más lágrimas. No podía sufrir más.

Tenía que seguir adelante. Pero no podía construirse una nueva vida mientras siguiera casada. Necesitaba divorciarse. Para eso necesitaba la cooperación de Mick.

Sería tan agradable mandarlo a paseo. Preferiría morir antes que volver a Cefalonia y hacer de su esposa para que su padre no sintiera celos.

¿Cómo podría soportarlo?

¿Cómo podría aguantar la expresión de triunfo en la hermosa cara de Victorine? La misma mirada que le había dedicado cuando se giró hacia ella, aquella terrible tarde.

–¡Qué descuidada, *chère*! –la recriminó con su voz meliflua–. Quizá en el futuro, recuerdes llamar antes de entrar en la habitación de tu marido.

Kate había dado dos pasos hacia atrás, temblorosa, con la cara cenicienta, mientras, todo daba vueltas a su alrededor. No sabía cuánto tiempo había permanecido allí de pie. Pero poco a poco creció en su interior el firme propósito de huir. Su matrimonio se había acabado y no podía aguantar ni un solo minuto más bajo el mismo techo que él.

Al rato, se obligó a volver al dormitorio para enfrentarse a otra humillante confrontación, pero Victorine ya se había marchado.

Mick seguía dormido. Extenuado por el ejercicio, pensó Kate, echando sal a su propia herida. ¿Cómo se atrevía a dormir tan plácidamente cuando ella estaba sufriendo tanto?

Tenía que enfrentarse a él. Acusarlo y ver la culpabilidad en su rostro.

Le puso la mano sobre el hombro y lo agitó.

–Mick –dijo con poca voz–. Despierta.

Él se estiró soñoliento, sin abrir los ojos.

–*S'agapo* –murmuró, con voz ronca–. Te amo.

Kate se atragantó. Se llevó una mano a la boca y dio un paso hacia atrás. Por fin, lo había dicho. Las palabras que tanto había deseado escuchar.

¡Pero no iban destinadas a ella sino a su amante secreta!

Ese era el final, pensó mientras se daba la vuelta y se alejaba de allí.

Hizo una pequeña maleta de fin de semana y garabateó una nota que dejó en la mesilla de noche junto a alianza.

Nunca debería haberme casado contigo. Ha sido un terrible error. No puedo soportar ni un minuto más contigo.

Nadie la vio irse. Condujo al aeropuerto y de allí voló a Atenas y luego a Londres.

Había jurado que nunca volvería.

«No puedo», pensó Kate, con un escalofrío. «No puedo hacerlo. Es demasiado humillante tener que verla de nuevo. Verlos juntos, sabiendo lo que sé».

Pero ¿qué otra opción tenía?

No podía esperar durante años a que Mick le concediera el divorcio. Lo había humillado con su huida precipitada y ahora él la estaba castigando por eso. De eso se trataba todo. Tenía que volver a la escena de su traición y aguantar todos los recuerdos y el dolor que eso provocaría.

Pero no podía quedarse allí, lamentándose. Se levantó lentamente, apartándose el pelo húmedo de la cara.

Mientras tanto, tenía cosas que hacer. La vida continuaba, aunque el muro que había construido a su alrededor se hubiera caído a pedazos.

Se fue a secar el pelo, todavía húmedo, y mientras el secador zumbaba, su mente vagó hacia otros momentos de su vida...

–¡Venga, Katie, no me dejes en la estacada! Todos se reirán de mí –dijo Lisa, zalamera–. ¿Cuándo vamos a tener otra oportunidad de entrar en un hotel como el Zycos Regina? ¿No te gustaría ver cómo vive la otra mitad? Además, te necesito para completar el cuarteto.

Kate se mordió el labio. Había sido una temporada muy larga en la isla de Zycos y, aunque había disfrutado bastante con su trabajo, estaba muy cansada.

Lo único que le apetecía era acabar de hacer la maleta y acostarse. Pero Lisa, otra guía con la que había compartido un apartamento durante el verano, quería pasar la noche en la ciudad.

–¿Quién has dicho que iba? –preguntó cautelosa.

–Se llama Stavros –respondió Lisa–. Trabaja de *disc-jockey* en el Nite Spot.

–¿En el Nite Spot?

Lisa meneó la cabeza.

–Kate, no seas rancia –acusó a su amiga.

Kate suspiró.

–De eso nada; pero ese lugar no tiene muy buena fama.

–Bueno, no vamos a llevar allí a ningún cliente y Stavros solo pone la música. Está como un tren –dijo mirando al cielo–. El otro es su primo Dimitris, de Atenas.

–No creo... –comenzó a decir Kate, pero Lisa la cortó.

–Vamos, Katie. ¡Suéltate la melena! Es solo una noche, por el amor de Dios. Mañana nos vamos de aquí.

Kate pensó que le gustaría conocer el lujo del Regina; además, podía ser divertido.

–De acuerdo –respondió a Lisa con una sonrisa–. Me has convencido.

Esa noche, Kate se puso un vestido negro discreto y unas sandalias de tacón. Se recogió el pelo en una trenza y se puso poco maquillaje; solo un poco de rímel y lápiz de labios.

La noche era cálida, pero al salir de casa, Kate sintió un escalofrío. Una voz interior le advirtió que tuviera cuidado.

«¡Por el amor de Dios!», se amonestó a sí misma mientras cerraba la puerta. ¿Qué puede pasar en un lugar público y de clase tan elevada?

Stavros le disgustó desde el primer momento. Su aspecto rudo podía gustarle a Lisa, pero a ella no le resultaba nada atractivo.

Y Dimitris, con su ropa brillante, y cargado de

bisutería, le causó repulsión. Igual que su forma de mirarla, que parecía querer desnudarla.

El club del Zycos Regina la impresionó por su elegancia. La clientela, formada principalmente por parejas, estaba sentada en mesas alrededor de una pista de baile oval. En un extremo, había un cuarteto tocando música lenta y jazz.

–No parece muy animado –se quejó Lisa en voz alta–. Si todos son tan ricos ¿por qué no están más contentos?

Kate fue consciente de que la habían escuchado los de las mesas colindantes y se sintió incómoda. También la molestó la actitud de Stavros con Lisa, parecía que iba a comérsela allí mismo, y la cercanía de Dimitris; estuvo a punto de caerse de la silla intentando alejarse de él.

«No pertenecemos a este lugar», pensó con un suspiró, y se puso a planear su retirada.

No estaba segura del momento en el que presintió una mirada, pero sintió el impacto como si la hubieran tocado.

Dio un sorbo del horrible cóctel que le habían pedido y aventuró una mirada alrededor, preguntándose si ya habría llamado alguien a la dirección del hotel para que los echara.

En una mesa de una esquina, un poco separada de las demás, había tres hombres.

El hombre que la estaba observando estaba sentado en el medio. Tenía treinta y pocos años y, aunque era bastante más joven que los otros dos, estaba claro que era el que llevaba la voz cantante.

Era muy guapo. Tenía la piel morena y unos rasgos arrogantes. También tenía algo especial, un don... una fuerza que le permitía atravesar la habitación con la mirada y tocarla como si lo hiciera con la mano.

Sabía que debía mirar para otra parte, pero ya era demasiado tarde. Durante un momento, su miradas se cruzaron y Kate sintió que la respiración y el pulso se le aceleraban con un extraño sobresalto.

No había calidez en sus ojos. Su expresión era fría y calculadora y tenía el ceño fruncido, como si algo le disgustara. Y ella sabía de qué se trataba, pensó mientras se volvía hacia sus acompañantes con la cara roja de vergüenza.

–¿Quién es ese? –le preguntó Lisa.

–No tengo ni idea, pero creo que piensa que estamos restándole categoría a este lugar.

El hecho de que ella misma estuviera de acuerdo incrementaba su resentimiento hacia él.

–Es Michael Theodakis –les informó Stavros–. Su padre es el dueño de esta cadena de hoteles y de muchas otras cosas.

–¿Quiénes son los tipos que están con él? –preguntó Lisa.

–No tengo ni idea. Sus guardaespaldas, tal vez –dijo con tono envidioso–. Ya es millonario, pero imaginaros cuando controle toda la fortuna de los Theodakis... Eso si la consigue –añadió con una risita–. Se dice que su padre y él han discutido.

Después, dirigió hacia Kate una mirada lasciva.

–¿Te gusta? Me temo que tendrías que ponerte a la cola.

–No seas absurdo –dijo Kate con frialdad, convencida de que su rubor se había acentuado–. Y habla un poco más bajo. Creo que nos van a echar de aquí.

Sin saber dónde esconderse, Kate fue a dar otro trago a su repugnante bebida cuando un camarero que pasaba por allí le tiró la copa encima.

De un salto, se puso en pie, sacudiéndose el vestido. Dimitris y Stavros también se pusieron de pie, gritando enfadados y gesticulando al camarero, que pedía disculpas sin cesar.

–Será mejor que vaya al aseo –los interrumpió Kate.

Se dio la vuelta y chocó con una figura alta que estaba detrás de ella. Dos manos fuertes la sujetaron por los brazos para que no se cayera. Inmediatamente, reconoció a Michael Theodakis.

–Permítame reparar la torpeza de mi empleado –dijo con un inglés excelente, aunque había un ligero acento que seguro que muchas mujeres encontraban muy sexy–. Si me acompaña, la gobernanta se ocupará del vestido.

–No tiene importancia –dijo ella, dando un paso hacia atrás.

Sintió que la cara se le encendía porque de cerca era aún más atractivo que de lejos. Debía medir algo más de un metro ochenta y cinco de estatura y tenía unas espaldas fuertes y anchas.

La prudencia la aconsejó que mantuviera las distancias.

–Yo creo que sí la tiene –dijo él, que la había vuelto a tomar de la mano y la llevaba entre las mesas hacia la salida.

–¿Puede soltarme, por favor? –dijo Kate, intentando separarse–. Sé cuidar de mí misma.

–Está muy equivocada. Sobre todo después de ver a sus acompañantes.

–No es asunto suyo.

–¿Acaso son viejos amigos?

Ella se mordió el labio.

–No... exactamente.

–Me lo imaginaba –respondió, llevándola por el vestíbulo hacia el ascensor.

–¿Adónde vamos? –preguntó alarmada, cuando las puertas del ascensor se abrieron.

–A mi suite. La gobernanta se encargará de todo.

–Por favor, quiero volver abajo –dijo Kate, temblando–. Quiero irme a mi casa.

–Estará mucho mejor en el hotel esta noche. Tengo que hacerle una confesión. Yo le pedí a Takis que le tirara la copa encima.

–¿Está loco? –dijo Kate, sintiéndose mareada de repente–. No va a salirse con la suya, aunque este hotel sea suyo...

–¿Así que sabe quién soy?

–La fama le precede. Ni sueñe con que va a añadirme a su lista de conquistas.

Él soltó una carcajada.

–No se haga ilusiones. Por una vez, mis motivos son verdaderamente altruistas.

El ascensor se abrió y Michael la llevó hacia una puerta doble al final del pasillo.

–No –dijo ella con verdadero pánico–. Quiero irme a mi casa.

–Por la mañana. Cuando me asegure de que no tiene efectos secundarios.

–¿Efectos secundarios? –preguntó Kate, sintiendo que se volvía a marear–. ¿De qué está hablando?

Él se lo dijo claramente.

–Su acompañante le echó alguna droga en la bebida. Yo lo vi.

–¿Droga? ¿Quiere decir...? ¿Por qué...?

Él se encogió de hombros.

–¿Si el hombre con el que estaba le hubiera pedido que se acostara con él habría accedido?

–¡Dios mío, no! ¡Era repulsivo!

–Quizá no aceptara un no por respuesta. Por eso es mejor que esta noche no vuelva a su apartamento.

–Pero tengo que volver –dijo, llevándose una mano a la frente para poder pensar con claridad–. Mañana vuelvo a Inglaterra y tengo que recoger todas mis cosas. Además, quizá también hayan drogado a Lisa.

Él hizo una mueca.

–No haría falta.

–No tiene ningún derecho a decir eso –dijo ella acalorada–. No la conoce de nada.

Él le sonrió burlón.

–Admiro su lealtad; aunque no su juicio. Creo que debería tumbarse antes de que se caiga.

–Estoy... estoy bien –dijo ella.

–No estoy de acuerdo –dijo él, tomándola en brazos.

Ella sabía que debía protestar, patalear y luchar, pero era mucho más fácil apoyar la cabeza en su hombro y cerrar los ojos.

Podía sentir la calidez de su cuerpo a través de la ropa, el suave aroma de su piel...

Sintió que la dejaba sobre un colchón y apenas fue consciente de que le desabrochaban el vestido.

–Descansa, pequeña. Todo está bien –le dijo la voz de una mujer.

Soñó que se peleaba con Dimitris, que se quería echar sobre ella con los ojos ardientes y las manos ansiosas. Aunque quería gritar, su garganta no emitía ningún sonido.

Entre sueños le pareció oír la voz de un hombre hablando en griego.

—... ella podría resolver tu problema...

Después oyó otra voz que creyó reconocer.

—Y crearme cien más...

Se preguntó quiénes serían y de quién estarían hablando. Pero abrir los ojos era un esfuerzo demasiado grande y ella estaba muy cansada.

Volvió a quedarse dormida y sintió que una mano le acariciaba el pelo y la mejilla.

Y sonrió en sueños.

Capítulo 3

ESTABA ardiendo, abrasándose con una excitación imposible. Un hombre la estaba acariciando, excitándola hasta límites insospechados. Con la boca exploraba su cuerpo con suavidad, haciéndola gemir de placer. Un placer que nunca antes había conocido.

Intentó abrir los ojos y mirar a la cara oscura, fiera e intensa del hombre que estaba sobre ella, y advirtió que era Michael Theodakis.

Kate se despertó, sin aliento. Permaneció un rato quieta, totalmente desorientada, después, se incorporó y miró a su alrededor.

Se sobresaltó al darse cuenta de que estaba desnuda, en una habitación ajena y con solo una sábana tapando su sudoroso cuerpo.

La cama estaba en total desorden, como si en ella hubiera tenido lugar una batalla.

Kate estiró la sábana que la cubría y se concentró en recordar lo que había ocurrido la noche anterior.

No sabía qué la sorprendía más si el peligro que había corrido o que Michael Theodakis hubiera llegado en su ayuda.

Tenía que haber estado observando muy atentamente para darse cuenta de que le echaban algo en la bebida. Probablemente, estaba preocupado por Stavros, por el peligro que este suponía.

Con un escalofrío, se sentó en la cama.

Entonces se dio cuenta de que había objetos que mostraban que la habitación pertenecía a otra persona: un peine y colonia en el tocador, una bolsa de cuero sobre un sillón... No le cabía ninguna duda de quién era el dueño de todo aquello.

–¡Oh, Dios! –susurró y se volvió a hundir entre las sábanas.

¿Qué había pasado la noche anterior?, se preguntó con desesperación. ¿Qué había pasado después de que Michael Theodakis la hubiera llevado a su habitación? ¡A su cama!

Porque eso lo recordaba con claridad, aunque el resto fuera una confusión de impresiones.

Debía ser el efecto de la droga, se dijo a sí misma. Mientras había estado inconsciente, cualquiera se habría podido aprovechar de ella, pensó tragando con dificultad.

¿Era posible que durante la oscuridad su salvador se hubiera convertido en agresor?

Lentamente, aunque no quería hacerlo, se obligó a recordar su sueño. Esa frenética y erótica posesión que había atormentado a su mente.

Pero ¿había sido realmente un sueño?, se preguntó, mirando horrorizada al desorden de la cama.

Tenía que marcharse de allí inmediatamente.

¿Dónde estaba su ropa?, se preguntó recorriendo la habitación con la mirada. Aparte de los zapatos, que estaban al lado de la cama, no había ni rastro de lo que había llevado el día anterior.

En aquel momento, la puerta se abrió y Michael Theodakis entró.

Kate se agarró con fuerza a la sábana y se cubrió el pecho con ella. Su sorpresa se acentuó al darse cuenta de que solo llevaba una toalla alrededor de la cintura, el resto de su piel bronceada estaba al descubierto.

Muy a su pesar, Kate se encontró conteniendo la respiración.

Él se paró y la miró lentamente.

–*Kalimera*. Así que ya se ha despertado.

Ella lo miró atónita, con un incipiente nudo en el estómago.

–¿Qué está haciendo aquí? –preguntó sin poder controlar el pulso que le latía frenéticamente.

–Afeitándome –respondió él–. Tengo esa costumbre desde la adolescencia. Siento que tengamos que compartir el cuarto de baño; pero ahora es todo suyo.

–¿Compartir? ¿El baño?

–Esta suite solo tiene uno.

Él parecía totalmente tranquilo con la situación y también con su semidesnudez.

Sin embargo, ella estaba peleándose con aquella maldita sábana.

–Lo cual no suele importar cuando estoy aquí solo –continuó él–. Que es lo habitual.

–Pero anoche fue diferente –dijo Kate con voz temblorosa.

–Obviamente. He pedido que nos sirvan el desayuno en la terraza. ¿Quiere que le prepare un baño?

–No. Creo que ya he tenido demasiado servicios personales por una vez en la vida. Como que me desvistieran y me metieran en la cama.

—No podía hacerlo sola. Casi había perdido el sentido, *pedhi mou*.

—Soy consciente de ello —dijo ella entre dientes—. Y no me llame «pequeña».

Él frunció el ceño.

—Ha pasado un buen susto; pero ahora está fuera de peligro.

—Quizá yo no lo vea así.

La sábana se le estaba deslizando y ella la atrapó bajo un brazo. A él no se el escapó el movimiento.

Todavía había diversión en sus ojos, pero ahora también había algo más. Algo oscuro... preocupante. Algo que le parecía haber visto durante la noche, pero que no quería volver a ver.

Sin embargo, sabía que tenía que enfrentarse a él. Tenía que saber.

—¿Cómo lo ve entonces? —dijo él recorriéndola con la mirada—. Quizá podamos llegar a un acuerdo.

—Prefiero la verdad. ¿Vino a esta habitación durante la noche?

—Sí, vine a asegurarme de que estaba bien. Igual que la gobernanta y el doctor del hotel.

Ella tragó con dificultad.

—Pero ¿también vino solo?

El entrecerró los ojos.

—Ya se lo he dicho.

—¿Me... me tocó?

Se hizo un silencio.

—Sí —respondió él lentamente—. No me pude resistir. Su pelo tenía un aspecto espectacular sobre mi almohada. Sentí un deseo irrefrenable de acariciarlo.

Ella lo miró fijamente.

—¿Y eso fue todo? ¿Fue ese su único deseo irrefrenable, señor Theodakis?

Él suspiró.

—Tenía una lágrima en la mejilla. Se la quité con la mano.

—Y después se marchó —dijo ella—. ¿Es eso lo que tengo que creer?

—¿Qué quiere decir?

Kate se mordió el labio.

—¿Dónde pasó al noche, señor Theodakis?

—Esto es una suite, señorita Dennison. Hay dos dormitorios. Yo dormí en el otro. Y dormí muy bien; espero que usted también —añadió cortés.

—No —respondió ella—. Yo no. Tuve unos sueños muy extraños.

Él entrecerró los ojos.

—Quizá fueran el efecto de la droga.

—Quizá —asintió ella—. Pero fueron muy reales.

—Tiene suerte. Yo no suelo recordar los míos. Me lo puede contar durante el desayuno.

—No quiero desayunar —le respondió enfadada—. Y menos con usted. Porque no me creo que fuera un sueño, canalla. Igual que no me creo que pasara la noche en otra habitación.

Él enarcó las cejas.

—¿Quiere decir que ese sueño tenía algo que ver conmigo?

—Sí. Le estoy diciendo que sé que se aprovechó de mí anoche.

–¿Aprovecharme? ¿Quiere decir que hicimos el amor?

La voz de Kate tembló.

–Ya lo he dicho. Es tan arrogante, que quizá pensara que me estaba haciendo un favor.

–Vamos a ver, *agapi mou*, ¿Qué es exactamente lo que le hice?

–No me acuerdo de los detalles –respondió ella a la defensiva.

–Pero ¿le gustó? –preguntó él–. ¿Tuvo un orgasmo?

Kate abrió la boca mientras la cara se le ponía pálida.

–¿Cómo se atreve...?

–Tengo que saberlo. Me desagradaría no haberla complacido –continuó él, avanzando hacia ella–. Quizá deba refrescarle la memoria un poco.

–Aléjese de mí.

–¿Por qué? –preguntó con una sonrisa que no se reflejaba en su mirada–. ¿Si ya hemos tenido un contacto tan íntimo? Esta vez, preciosa, voy a asegurarme de que no se olvida de nada.

Con una mano, tiró de la sábana que le cubría el pecho, dejándolo al descubierto.

Ella ahogó un pequeño grito y se movió hacia el otro lado de la cama, intentando cubrirse con los brazos.

–¿A qué viene tanta modestia? Según usted, no hay nada que yo no haya ya visto o disfrutado ya.

Él empezó a acariciarle un pecho.

–Por favor... –logró decir ella–. Por favor... no...

–Pero si soy un «canalla», *agapi mou*. ¿por qué iba a hacerle caso?

Ella no podía encontrar un motivo que ofrecerle.

Durante un momento se hizo un silencio espeso, después, con un suspiro, él se dio la vuelta. Agarró un albornoz de una silla y se lo tiró.

–Póngase esto –le dijo sin mirarla–. Se encontrará más segura que con una sábana.

Mientras ella obedecía en silencio, él continuó.

–Como acaba de descubrir, tengo bastante temperamento, así que no vuelva a provocarme. Nunca he tomado a una mujer por la fuerza y no quiero que usted sea la primera.

Cuando ella se cubrió con el albornoz, él se acercó a su lado y la tomó por la barbilla.

–La mente a veces nos juega malas pasadas. Le prometo que anoche no compartí la cama con usted; si lo hubiera hecho, le aseguro que lo recordaría.

Durante un segundo, le cubrió los pechos con las manos quemándole la piel por debajo del albornoz, haciendo que sus pezones se endurecieran con una necesidad repentina.

–Voy a vestirme. Después tomaremos el desayuno juntos.

–Mi... mi ropa...

–La gobernanta la desvistió y llevó la ropa a la lavandería del hotel –hizo una pausa para que ella reflexionara sobre lo que acababa de decirle–. Se la devolverán después de desayunar.

Se marchó sin decir nada más y ella se quedó mirando la puerta, mordiéndose el labio inferior.

Mientras se daba un baño, Kate sintió la tentación de hundirse en el agua y ahogarse.

Desde que había abierto los ojos aquella mañana, se había comportado como una loca. Pero ahora
había recobrado la cordura y se sentía avergonzada.

¿Qué diablos la había llevado a acusar así a Michael Theodakis?, se preguntó con desesperación.

Bueno, quizá verlo entrar en su habitación semidesnudo, como si fuera lo más normal del mundo, la hubiera impulsado a hacerlo. Sobre todo,
después de aquel terrible sueño.

Así que se había comportado como una idiota
histérica y, a cambio, él le había pagado con la
misma moneda. Se lo había merecido.

Tenía que haberse quedado callada y quieta.
Después de todo, siempre podía haber llamado a
Lisa...

Lisa...

Hasta aquel momento, no se había vuelto a
acordar de su compañera y algo terrible podía ha-
berle sucedido.

«Yo no soy así», pensó para sí.

A pesar de que su pelo era como una llama ardiente, ella era una persona fría, con los pies sobre
la tierra. Y Michael Theodakis podía ser un hombre imponente con un poderoso atractivo sexual,
pero ella no tenía que venirse abajo cada vez que
él estuviera cerca.

Educada, agradecida e inaccesible. Así era como
debía comportarse durante la siguiente media hora.
Solo así y, después, se marcharía de allí, de aquel
hotel y de Grecia, y no lo volvería a ver nunca.

Se secó con la toalla y se puso el albornoz. La
prenda le le llegaba hasta los pies, pero no se sentía tan segura como con su propia ropa.

Tomó aliento y, con las manos en los bolsillos, se dirigió hacia la terraza.

Él llevaba unos pantalones cortos, que mostraban unas piernas interminables, y un polo de manga corta que dejaba entrever por el cuello un indicio del vello que ya había tenido la oportunidad de observar.

–*Kalimera* por segunda vez –le dijo él–. ¿O tal vez prefiera que olvidemos los sucesos acontecidos y que pretendamos que es la primera?

–Sí –respondió Kate, mirando a las baldosas, consciente de que se había ruborizado–. Eso será lo mejor.

Dirigió su mirada a la mesa. Allí había una jarra de zumo de fruta, una cesta con panecillos recién hechos, recipientes con miel, mermelada y yogur cremoso, una bandeja con uvas, albaricoques y melocotones y una cafetera de plata.

Ella forzó una sonrisa.

–Todo parece delicioso.

–Sí –respondió él con calma, con un toque de humor en la voz–. Estoy de acuerdo.

Ella sintió que estaba temblando, consciente de que él la estaba mirando a ella y no a la comida.

–Por favor, siéntese.

Kate eligió la silla más alejada de él.

–Espero que haya disfrutado del baño.

–Sí gracias.

–Quizá le apetezca un masaje...

Kate agarró un inofensivo panecillo y lo atravesó con el cuchillo.

–Muy amable –dijo entre dientes–, pero no.

Él le dedicó una deslumbrante sonrisa.

–No se trataba de una oferta personal, señorita. En el hotel tenemos un excelente masajista que es muy recomendable. Pero usted es la que decide.

Había vuelto a meter la pata, pensó Kate, dando un sorbo al zumo.

–¿Miel? –le ofreció él–. Quizá endulce un poco su estado de ánimo –añadió de manera casual.

–Mi estado de ánimo está bien –dijo ella sirviéndose un poco–. Quizá sea usted el que saca lo peor de mí, señor Theodakis.

–Puedes llamarme Michael, o Mick, si lo prefieres. ¿Te importa si te llamo Kate?

–No; lo prefiero. ¿Cómo sabes mi nombre?

–Tenías la documentación en el bolso que dejaste en el club anoche. La policía me la pidió.

–¿La policía? –le preguntó atónita.

–Por supuesto. Tu amigo Stavros también tenía pastillas de éxtasis cuando lo cachearon. Su amigo y él pasaron la noche en la cárcel. Espero que no sea la única.

–¿Y Lisa? –preguntó, preocupada–. ¿No la encerrarían a ella también?

–No. Lo arreglé todo para que la dejaran en libertad; pero no creo que la dejen volver a Zycos.

–¿Lo arreglaste? Qué agradable tener ese poder.

–A veces es útil –respondió él con una sonrisa fría.

Kate se obligó a comer.

–Debo parecerte una desagradecida. En realidad todo esto parece que no tiene nada que ver conmigo. Drogas, traficantes... cárcel... Nunca me había pasado nada así y no sé muy bien cómo manejar la situación.

–No tienes que hacer nada. Por favor, no dejes que ellos enturbien tus recuerdos de Zycos –agarró la cafetera de plata–. ¿Café?

Pero al retirar la taza, Kate supo que no iba a ser Dimitris el que enturbiara sus recuerdos, sino la imagen de ese hombre, su sonrisa y sus ojos negros. La calidez del cuerpo y el aroma de la piel que había sentido mientras la llevaba en brazos a la habitación.

Y lo que era peor: sabía que no iba a poder hacer nada para evitarlo.

No era la comida más fácil que Kate hubiera compartido.

La necesidad de aparentar tranquilidad, de hablar de cosas intrascendentes sin revelar su torbellino interior, era una lucha constante.

–Todavía hace muy buen tiempo –dijo ella animada–. Pero me imagino que no puede durar eternamente.

Él estaba pelando un melocotón, pero la miró directamente a los ojos:

–Hay pocas cosas que duren tanto. ¿Sabes que el sol hace que tu pelo parezca fuego?

–Soy consciente de que es rojo. No tienes que recordármelo.

–Y tú tienes que aprender a recibir un cumplido con algo más de gracia, *matia mou* –respondió él cortante–. Tienes que aprovecharte del sol, pronto lloverá. Suele llover bastante en otoño.

–¿Naciste aquí?

Él se puso de repente serio.

–No. Nací en Cefalonia y mi verdadero hogar siempre ha estado allí.

–¿Ya no? –preguntó Kate, recordando lo que Stavros le había dicho sobre una disputa familiar.

Él se quedó un rato en silencio.

–Viajo mucho. No tengo una base permanente. ¿Y tú?

–Comparto un piso en Londres con una amiga.

–¿Con Lisa? –preguntó él con el ceño fruncido.

–¡Oh, no! –respondió ella rápidamente–. Lisa es una compañera de trabajo aquí. Sandy es diferente. Realiza un trabajo de investigación en un periódico –dudó un instante–. La echaré de menos cuando me vaya.

–¿Adónde vas? –preguntó él interesado.

–Me voy a casar pronto. Como ves, tengo muchos motivos para estarte agradecida por lo que hiciste. De verdad te lo agradezco.

Se hizo un silencio que amenazó con durar una eternidad.

Sin expresión en el rostro, Michael miró las manos de ella y vio que no llevaba anillo.

–¿Estás muy enamorada?

–Es natural –respondió ella a la defensiva.

–¿También te parece natural tener fantasías eróticas con otro hombre?

De repente, ella sintió que la boca se le secaba.

–Mi prometido es el único que me importa. No estoy interesada en nadie más.

–¿De verdad? –preguntó él con suavidad–. Me pregunto... –se levantó, dio la vuelta a la mesa y la hizo ponerse de pie. La rodeó con los brazos y la acercó a su cuerpo. Después, inclinó la cabeza y la besó, despacio y concienzudamente, disfrutando de su boca sin reparos.

El tiempo se paró. Su lengua era como una llama ardiente. De repente, ella dejó de respirar... y de pensar.

Cuando por fin la soltó, estaba sonriendo.

—Creo, *pedhi mou*, que te estás engañando a ti misma.

Kate dio un paso hacia atrás. Se limpió la boca con el dorso de la mano, con los ojos brillando de furia.

—Eres despreciable —le soltó—. No tenías ningún derecho a hacer eso.

Él se encogió de hombros, imperturbable.

—¿Por qué no? Soy un hombre soltero y tú una mujer soltera.

—Pero te lo acabo de decir: me voy a casar.

—Sí —respondió él—. Mándame una invitación de la boda; si alguna vez tiene lugar. Porque si yo fuera a casarme contigo, Katharina, me aseguraría de que solo soñaras conmigo.

Una vez dicho eso, depositó un beso en su mano y se lo envió. Después, giró sobre sus talones y se marchó hacia la habitación, lejos de su vida.

La dejó allí de pie, viendo cómo se marchaba, con la cara pálida, sintiéndose totalmente impotente.

Capítulo 4

TENÍA muchas cosas en las que pensar en el vuelo de vuelta a Inglaterra.

Pero su prioridad era hacer desaparecer a Michael Theodakis de su cabeza. Porque no le beneficiaba en absoluto recordar sus ojos, su boca, sus manos... o lo que sintió cuando la besó. En absoluto.

Así que se obligó a contemplar su futuro inmediato. Pero eso era aún peor. Sabía, con total seguridad, que no podía casarse con Grant. Ya no.

Él querría saber el motivo por el que había cambiado de opinión y ella no tenía ninguna respuesta que darle. Por lo menos, ninguna que tuviera mucho sentido.

Y fuera lo que fuera lo que le dijera, iba a hacerle daño. Quizá podía decirle que su temporada en Grecia la había hecho cambiar en algo esencial. Que ya no era la misma persona.

Después de todo, esa era la verdad.

Pero tenía que reconocer que nunca había dudado de su futuro con Grant hasta que conoció Michael Theodakis. Lo cual era una locura porque una persona no ponía su vida patas arriba solo por el beso de un seductor.

Por parte de él, el beso no había sido más que

una acción refleja, aparte de una especie de castigo por haberlo juzgado mal.

Ella lo tenía muy claro. Entonces ¿por qué ese beso lo cambiaba todo?

Todavía estaba pensando en eso cuando salió del aeropuerto y se encontró a Grant esperándola con una sonrisa y un ramo de flores.

A Kate se le encogió el corazón.

–Cariño –dijo él apretándola en sus brazos–. Te he echado muchísimo de menos. De ahora en adelante, no pienso perderte de vista. Tenemos una boda que preparar y no puedo esperar más.

Ella caminó a su lado en dirección al coche, preguntándose por dónde iba a empezar.

–Grant, tengo algo que decirte...

Su reacción fue peor de lo que había imaginado. Al principio, no se lo podía creer, después mostró sorpresa y, finalmente, resentimiento e ira.

Cuando se quedó sola en la puerta de su casa, mientras él se alejaba en el coche, pensó que la ira había sido lo más fácil de manejar.

Ahora tenía que enfrentarse a Sandy.

–¿Dónde está Grant? –fue la primera pregunta de su compañera de piso después del abrazo de bienvenida–. Iba a abrir una botella de vino.

Kate se encogió de hombros

–Hemos roto.

Sandy la miró boquiabierta.

–¿Cuándo?

–Cuando volvíamos del aeropuerto. Él estaba haciendo planes sobre nosotros y me di cuenta de que no podía dejarle continuar.

–Bastante justo. ¿Quién es él?

–Grant preguntó lo mismo –dijo Kate, consciente de que se estaba poniendo roja–. ¿Por qué tiene que haber otra persona?

–Porque así es como suele ser –dijo Sandy, sirviendo el vino–. Así que no me digas que no hay ningún él.

Kate negó con la cabeza.

–Me encontré con alguien. Durante muy poco tiempo.

–Detalles, por favor.

–Se llama Michael Theodakis –dijo de mala gana–. Su familia tiene mucho dinero.

–Muy bien –aprobó Sandy–. ¿Cuándo es la boda? Me gustaría conocer a sus amigos.

–Dudo que tenga alguno –soltó Kate–. Es un arrogante.

–Aun así, hizo que te pensaras lo de Grant. Parece que estás hecha un lío.

–Nada de eso –respondió ella con dignidad–. Simplemente, me di cuenta de que no lo echaba de menos.

–¡Ah! –respondió Sandy–. Entonces no te costará olvidarte de ese Michael. Buena suerte.

Cuando Kate llegó al trabajo a los dos días, notó que había una atmósfera extraña y que la gente la miraba de reojo. Pronto se dio cuenta de que habían despedido a Lisa y que la habían acusado por dejar que se metiera en problemas con la policía griega.

Cuando la otra chica se pasó por la oficina para recoger unos papeles, Kate decidió hacerle frente.

–Tú nos metiste a todos en aquel lío –la acusó Lisa–. Ahora, los chicos están en la cárcel y yo estoy fichada por la policía. Probablemente, nunca pueda volver a trabajar en Grecia.

–Lisa –dijo Kate con calma–. Stavros y Dimitris echaron droga en mi bebida. Los vieron.

–Tonterías –dijo Lisa a la defensiva–. Solo era una broma, algo para tranquilizarte. Tú lo exageraste todo.

–¿Ah, sí? También llevaban pastillas de éxtasis –dijo Kate–. Eran traficantes, Lisa.

Lisa se encogió de hombros, con la cara muy seria.

–Solo te voy a hacer una advertencia. Pienses lo que pienses de Stavros y Dimitris, no son nada comparados con Mick Theodakis. Si hablamos de crueldad, él inventó la palabra. No sé por qué decidió meterse, pero te aseguro que debe tener razones ocultas. Porque él no es ningún santo.

Kate se mordió el labio.

–Nunca pensé que lo fuera.

Las dos semanas siguientes fueron muy difíciles, especialmente porque Grant decidió lanzar una ofensiva para volver a conquistarla y no dejaba de llamarla. Un día, apareció en su casa con flores y entradas para el teatro, pero ella lo rechazó.

El trabajo ayudó bastante. Durante el invierno, el programa de Halcyon consistía en viajes por toda Europa, y su vida comenzó a ser tan ajetreada que estaba logrando su objetivo: olvidarse por completo de Michael Theodakis.

Una tarde fría de noviembre, después de un viaje de fin de semana a Roma, estaba en la oficina cuando el timbre de la recepción sonó para avisarla de que tenía una visita.

Kate gruñó para sí. Esperaba que no volviera a ser Grant. Ya le había dicho a Debbie que le dijera que no estaba allí si volvía a llamar. Refunfuñando, se dirigió a la entrada, ensayando las palabras que iba a decirle.

Cuando llegó al vestíbulo, se quedó de piedra al ver quién la estaba esperando.

–Katharina –dijo Michael Theodakis con calma–. Me alegro de volver a verte.

Él estaba apoyado en el mostrador de recepción, con un traje de chaqueta inmaculado y un abrigo azul marino. Iba vestido para ir a reuniones de alto nivel. Elegante, pensó. Civilizado. Pero a ella no la engañaba.

Kate se sentía como si hubiera entrado en una tienda de animales de compañía y se hubiera encontrado con un tigre.

–Señor Theodakis... ¿Qué está haciendo aquí?

–He venido a buscarte. ¿Qué otra cosa? –le dijo con una sonrisa, totalmente tranquilo, recorriéndola con la mirada, haciéndola sentir desnuda, a pesar de su traje de chaqueta de lana.

–No entiendo –dijo ella con un susurro.

–Entonces, te lo explicaré. Trae tu abrigo, tengo un coche esperando fuera.

–Pero estoy trabajando... –se excusó Kate, desesperada–. No puedo marcharme.

–El señor Harris has dicho que puedes irte –intervino Debbie, que había estado devorando a Michael con la mirada–. El señor Theodakis ha hablado con él hace un momento.

–Ya entiendo.

Kate fue por su gabardina, pensando en que la sola mención del apellido Theodakis debía haber hecho que su jefe saltara de la silla.

Se puso la gabardina, pero no se atrevió a abrochársela porque las manos le estaban temblando.

Cuando salió, evitó la mirada envidiosa de Debbie. Michael la tomó del brazo y se dirigieron juntos hacia la calle.

El coche estaba aparcado en la puerta, con un chófer esperándolos con la puerta abierta.

«O me he vuelto loca o esto es un sueño del que me voy a despertar en cualquier momento», pensó Kate, hundiéndose en el lujoso asiento de cuero

Pero el hombre que estaba sentado a su lado era de carne y hueso.

–¿Por qué estás temblando? –le preguntó él.

Se le notaba demasiado, así que no merecía la pena intentar disimular.

–Es por la sorpresa –se obligó a mirar sus sonrientes ojos negros–. Es usted la última persona en el mundo que esperaba volver a ver.

Él sonrió.

–El mundo es un pañuelo, Katharina. Yo sabía que nos volveríamos a encontrar y decidí que mejor temprano que tarde.

–No sé por qué –respondió ella llanamente.

–Quería comprobar que te habías recuperado del incidente en Zycos –dijo con suavidad.

–Ni siquiera he vuelto a pensar en eso –mintió ella–. He estado demasiado ocupada.

–Entonces, deberías descansar un poco. Saborear un buen vino, sentir el sol en la cara...

–¿Adónde vamos?

–Le he dicho a mi chófer que nos lleve al Ritz a tomar un té. A lo mejor prefieres ir a otro sitio.

–Por mí está bien. Pero no puedo creerme que le guste el té.

–Aún tienes que aprender lo que me gusta y lo que no.

Un mechón de pelo se le vino a la cara y ella se lo apartó.

–No deberías llevar nunca el pelo recogido.

–Así está bien para el trabajo.

–Pero ahora no estás trabajando. Me gusta ver tu melena suelta sobre los hombros. O sobre mi almohada.

A ella le ardió la cara.

–Pero yo no me lo peino para complacerlo, señor Theodakis.

Él le dedicó una sonrisa.

–No. Todavía no.

Con un movimiento rápido, Michael le agarró las manos por la muñecas y estudio sus dedos.

–¿Todavía no llevas anillo? Tu amante no debe de ser muy ardiente. Debería decirle a todo el mundo que le perteneces.

Kate se miró las manos.

–He... hemos decidido esperar un poco. Eso es todo.

–Katharina, mírame –dijo él con un tono más duro.

Ella obedeció de mala gana.

–Ahora, dime la verdad. ¿Estás comprometida con ese hombre? ¿Te vas a casar?

Ella sabía lo que tenía que hacer. Debería decirle que eso no era asunto suyo, pedirle que parara el coche y marcharse. El silencio pareció envolverlos.

–Hemos terminado –se oyó ella decir.

–¡Ah!, eso lo cambia todo –levantó una mano y le acarició los labios.

Ella notó que el deseo se apoderaba de ella y se sintió agonizar.

–Por favor, señor Theodakis...

–Di mi nombre.

–Señor Theodakis...

–No –dijo él con impaciencia–. Di mi nombre como yo quiero escucharlo. Como tú quieres decirlo. Dímelo.

Su boca tembló.

–Michalis... *mou*.

–Por fin lo admites. Ahora te diré por qué estoy aquí. Porque tenemos un asunto pendiente entre nosotros. Yo lo sé y tú también. ¿Verdad?

–Sí –murmuró ella.

Él se inclinó hacia el cristal que separaba los asientos delanteros de los traseros.

–Al Hotel Royal Empress. Deprisa.

No se tocaron en todo el trayecto, pero cada fibra sensible de su cuerpo estaba temblando esperando sus caricias.

Cuando por fin llegaron a la habitación, él abrió la puerta y la invitó a pasar. Kate pensó que el corazón se le iba a salir del pecho.

En silencio, se quitó la gabardina y miró alrededor.

Era una habitación preciosa con un mobiliario

elegante, alfombras persas y un sofá de color pastel.

Una de las paredes era de cristal y tenía unas vistas espectaculares al río Támesis.

Una puerta más allá, dejaba entrever un dormitorio con una cama gigante.

Con la garganta seca pensó: «¿Qué estoy haciendo aquí?».

Sabía que era ridículo. Era una mujer adulta y estaba allí por voluntad propia; pero estaba tan nerviosa como una adolescente.

Porque la verdad era que no sabía qué esperar.

Ya había estado a solas con Grant en otras ocasiones, se recordó a sí mima, en su casa o en la de él, pero nunca se había sentido de aquella manera. Nunca tan perdida o sintiendo aquel torbellino emocional.

Si se hubiera acostado con Grant, eso habría significado la confirmación final de su compromiso. Pero con Michael no significaba lo mismo.

Sin embargo, había ido allí a acostarse con él, con un hombre al que apenas conocía. Alguien con mucha más experiencia que ella, que podía pedirle cosas que ella no sabría darle.

Mordiéndose el labio miró hacia donde él estaba.

Se había quitado el abrigo y la chaqueta y estaba hablando por teléfono.

Ella caminó hacia la ventana y miró al paisaje. La cabeza le daba vueltas.

Cuando él acabó la conversación, se acercó a ella y la rodeó por la cintura.

—Espero que te guste el champán. He pedido que nos suban una botella.

–Sí –respondió ella sin aliento.

Él la giró para mirarle el rostro y deslizó las manos bajo su camisa. Eso la hizo temblar de deseo. Después la pegó más a su cuerpo, obligándola a sentir su excitación fuerte y poderosa.

«No sé qué hacer», pensó ella con el corazón latiéndole a toda velocidad.

–Estás temblando. ¿Qué te asusta?

Ella intentó sonreír.

–Es que... tú.

–Yo solo soy un hombre, Katharina *mou*, y no te voy a pedir nada que no hayas hecho antes.

–Ese es el problema –respondió ella con suavidad.

Él frunció el ceño.

–No te entiendo.

Ella tragó con dificultad.

–Nunca lo he hecho...

–Pero estabas saliendo con un hombre –dijo él con calma–. Un hombre con el que pensabas casarte.

–Sí, pero decidimos esperar hasta que volviera de Grecia.

Él estaba muy quieto.

–¿Y antes de eso?

–Nunca hubo nadie que me importara lo suficiente –dijo ella mirándole fijamente a la corbata–. Nunca me interesó el sexo de una noche. Me prometí que solo me iría con un hombre a la cama si era incapaz de resistirme a él. Pensé que eso podría significar algo.

–¿Y ahora?

Ella negó con la cabeza.

–No lo sé. Ya no sé nada –lo miró a la cara–. Lo

siento, no debería haber venido aquí. No sé en qué estaba pensando.

Él la miró pensativo. Con el dedo, le acarició la mejilla y, después, trazó la curva de su mandíbula. Ella contuvo la respiración, con el corazón latiéndole aceleradamente.

—¿No quieres que te acaricie?

—Yo no he dicho eso.

—Entonces ¿piensas que seré rudo? ¿Que no te daré placer?

—No... no es eso —respondió ella temblorosa—. Tengo miedo de... de no saber complacerte. De defraudarte.

Él la giró hacia el espejo y le soltó la pinza del pelo.

—Mírate —dijo con la voz ronca—. Esta es la imagen que he llevado en mi mente... en mi corazón todas estas semanas. Me ha atormentado durante el día y me ha impedido dormir por la noche. Ahora todo lo que quiero es tenerte desnuda entre mis brazos, en carne y hueso. Pero si es necesario, puedo esperar. Hasta que estés lista.

—¿Y si tienes que esperar mucho tiempo?

Él se encogió de hombros.

—Soy muy paciente. Pero, al final, espero que mi paciencia sea recompensada —después, la giró hacia él—. ¿Aceptas eso, Katharina?

Sus ojos parecieron taladrarle el alma.

—¿Estas de acuerdo que un día, cuando no puedas evitarlo, vendrás a mí?

—Sí —respondió ella sin apenas voz.

Él sonrió y dio un paso hacia atrás.

—Entonces, podemos empezar.

Capítulo 5

Y ALLÍ debería haber acabado todo, se dijo Kate con amargura.

Debería haber aprovechado el breve respiro que le había dado y haber desaparecido. Después de todo, su trabajo en Halcyon estaba a punto de terminar y ella habría podido irse a donde hubiera querido. Se habría mantenido alejada de él hasta que se hubiera cansado de esperar y hubiera encontrado a otra que le sirviera de cortina de humo.

Ya se había secado el pelo y se disponía a acostarse.

Estaba muy cansada, pero su mente no la dejaba descansar.

Había sido tan fácil engañarla, pensó ella, con la mirada perdida en la oscuridad. Había necesitado tanto creer en lo que le decía; aceptar todo lo que le ofrecía... Y él había sido muy inteligente, la había hecho creer que ella era la que tomaba sus propias decisiones. Cuando en realidad, la estaba utilizando como una marioneta.

Empezando por aquella tarde...

El champán llegó a la habitación con una fuente de fresas y un plato de pastas de almendra.

–Ven a probar el champán –la animó él–. Mientras podemos hablar.

Kate cruzó la habitación y se sentó en el extremo del sofá mientras él se sentaba en el lado opuesto.

–¿Te parece esta una distancia apropiada? –le preguntó, burlón, mientras le ofrecía una copa–. No estoy seguro de las reglas en estas circunstancias.

–Me imagino que tendrás tus propias reglas –dijo ella, degustando el champán.

–En los negocios, sí; pero en el placer, no siempre. Prueba esto –añadió, ofreciéndole una fresa mojada en champán.

Ella le dio un mordisco y él no separó los ojos de su boca.

–¿De qué quieres que hablemos? –preguntó ella, bastante nerviosa.

–Se me ocurrió que podíamos empezar a conocernos un poco mejor –dio un trago a su copa de champán.

–¿Por dónde empezamos?

–Por donde quieras. Por ejemplo, ¿dónde viven tus padres?

–Murieron hace cinco años, en un accidente de coche.

–Lo siento, *pedhi mou*. ¿Lo has superado?

–No del todo. Pero eso me ayudó a crecer y a hacerme a mí misma. ¿Tú eres hijo único?

–Lo fui durante doce años, después nació mi hermana Ismene. Ella solo tenía seis años cuando murió mi madre.

–Debió de ser terrible.

—No fue fácil, especialmente para Ismene; aunque mi tía Linda hizo lo que pudo para ocupar su lugar —hizo una pausa—. Los hoteles Regina se llaman así por mi madre.

Después de un breve silencio, ella preguntó:

—¿Cómo es tu hermana?

—Guapa, un poco alocada y habla mucho. Como todas las mujeres.

Kate hizo el gesto de enojarse y él le agarró la mano.

—Se enamora constantemente del hombre equivocado. Por ejemplo, cuando fue al colegio en Suiza tuvimos que quitarle de encima al profesor de arte y al monitor de esquí.

Kate ahogo una risita.

—Menuda pieza.

—Ni que lo digas —asintió Michael—. Al final, mi padre decidió que era más seguro tenerla en Cefalonia.

Ella esperó a que dijera algo más de su padre, pero, en lugar de eso, él agarró la botella de champán y rellenó las copas.

—No pensaba tomar más —protestó ella—. Me voy a emborrachar.

—No lo creo —respondió él con una sonrisa—. Pero te ayudará a estar un poco menos tensa —añadió mojando otra fresa en el líquido burbujeante.

Había suficientes cosas para estar tensa, pensó Kate, mientras le daba un mordisco a la fresa. Él se llevó el resto a la boca.

De alguna manera, imperceptiblemente, mientras hablaban, él se había ido acercando. Ahora, casi la rozaba con la rodilla y el brazo lo tenía sobre el respaldo, por detrás de su espalda. Estaba tan cerca, que podía oler su fragancia, recordándole, con demasiada fuerza, los breves segundos que había estado es sus brazos.

Sintió que le rozaba un hombro con la mano y dio un respingo. El champán se derramó sobre la falda.

Michael chasqueó la lengua, fastidiado, y se inclinó hacia delante para limpiarle la falda. Al final, dejó los dedos sobre la rodilla.

No creo que te quede marca.

Quizá a la falda no, pensó Kate con el pulso a cien. Pero ella quedaría marcada de por vida.

Él la besó en la mejilla, luego, en la comisura de los labios. Después, trazó la línea de su mandíbula con pequeños besos y, al final, se acercó al lóbulo de la oreja.

Kate dejó caer la cabeza hacia atrás, incapaz de hacer nada y los labios de él le acariciaron la frente.

Donde quiera que la tocara, la piel le ardía con un placer y una necesidad que nunca había conocido. Todo su cuerpo se estaba derritiendo.

Estaba deseando sentir su boca sobre sus labios, sus manos, sobre su cuerpo.

Sentir su cuerpo desnudo contra el de ella.

¿Cómo era posible que tocándola tan poco le hiciera desearlo tanto?

—Michael... —le dijo ella con la voz ronca, suplicante—. Esto no es justo.

Sintió que él sonreía contra su pelo.

—¿Estás hablando del amor o de la guerra?

—Pero me dijiste que no...

–He venido desde muy lejos para verte. ¿Me negarías un poco de ti? –le tomó el lóbulo entre los dientes–. Después de todo, al que estoy torturando es a mí mismo.

–Tú sabes... –susurró ella–. Sabes muy bien que eso no es cierto.

Sin poder resistirse más, se volvió hacia él y apretó su boca contra la suya, suplicándole, sin palabras.

Él se echó un poco para atrás y le sujetó la cara entre las manos.

–Creo, Katharina, que lo más inteligente sería que ahora mismo te llevara a cenar a algún sitio. Necesitamos estar rodeados por más gente.

–¿Por qué? –preguntó ella, mirándolo fijamente.

–Porque si nos quedamos aquí, puedes tomar demasiado champán y yo... puedo sucumbir a la tentación.

Se puso de pie y con un movimiento ágil la incorporó a ella.

–Así que, comportémonos, *pedhi mou*, por esta noche al menos.

–No voy vestida para salir a cenar. ¿Podemos ir a algún sitio que no sea muy elegante?

–Por supuesto.

–¡Ah! –dijo Kate–. Me acabo de acordar de algo –dijo ella concentrada–. Aquella noche en Zycos, cuando me llevaste a mi habitación, te oí hablar con otro hombre. Algo sobre un problema y la solución... No recuerdo muy bien...

Se hizo un silencio extraño, después, él se encogió de hombros.

–Estarías soñando, *pedhi mou*.

–Pero me pareció tan real... –protestó ella.

–Igual que los otros sueños que tuviste aquella noche –le recordó él cortante. Hizo una pausa y después añadió con la mirada perdida–: Pero la realidad siempre nos está acechando.

Ella sintió como si una mano fría la hubiera tocado. Pronunció su nombre interrogante y él se giró hacia ella con una expresión más relajada.

–Vamos, preciosa. Vamos a disfrutar de este sueño un rato más.

«Me estaba avisando», pensó Kate, con unas gruesas lágrimas recorriéndole las mejillas. «Porque eso era de lo que se trataba: un sueño. Y yo fui tan tonta que me lo creí».

Pero ya estaba hecho y ahora le tocaba sufrir las consecuencias. Y vivir con los recuerdos.

A la mañana siguiente, la falta de sueño, la dejó cansada y con un ligero dolor de cabeza. Aunque probablemente aquel era el menor de sus problemas.

El día resultó tan complicado como había esperado. Los jóvenes franceses no tenían el más remoto interés en la Torre de Londres; hubieran preferido entrar en cualquier salón de juegos para jugar con las máquinas. Pero, en cierta manera, Kate se alegró del reto porque le impedía pensar.

Pero cuando se volvió a quedar sola, todavía tenía una decisión que tomar y ningún lugar donde esconderse.

Mientras se daba una ducha, pensó en cómo

aceptaría la propuesta sin perder toda su dignidad. Una tarea poco sencilla.

Se estaba atando el albornoz cuando llamaron a la puerta. Se quedó helada al pensar que podía ser él.

Siempre podía hacer como que no estaba en casa, se dijo a sí misma. Después, se acordó de que tenía la luz del salón encendida y que era claramente visible desde la calle.

Se apretó el cinturón y se dirigió hacia la puerta.

—¿Quién es?

—Cariño, tenemos que hablar —dijo la voz de Grant—. Por favor, déjame pasar.

Casi era un alivio oír su voz.

—No es un buen momento...

—Katie —la interrumpió él con energía—. Esto es importante, tenemos que hablar.

Con un suspiro, Kate abrió la puerta.

—He estado muy preocupado por ti —dijo al entrar—. Te he dejado un montón de mensajes en el contestador.

—Grant, cuando volví de Grecia fuiste muy amable conmigo; pero ya te he dicho muchas veces que lo nuestro se acabó.

—Sé que necesitas tiempo. Lo entiendo... —le tendió un periódico que llevaba en la mano—. ¿Has visto esto?

Era una fotografía de Michael en el aeropuerto, sonriente. Debajo estaba el siguiente texto:

El millonario Michael Theodakis vino ayer a Inglaterra para concluir la adquisición del Royal

Empress para su cadena de hoteles Regina. También está planeando una reunión romántica con su flamante esposa, Katharina, que ha estado pasando unas semanas en Londres.

–¡Oh, Dios! –dijo Kate con un nudo en la garganta–. ¡No me lo puedo creer!

–Habla con tu abogado –le dijo Grant con decisión–. Denúncialo.

–Bueno, en realidad, voy a ir a Cefalonia a una boda de un familiar. ¡Pero no es una «reunión romántica»! Hemos hecho un trato: yo voy a esa boda y él me concede un divorcio rápido.

–¡Por Dios, Kate! –Grant elevó el tono–. ¿No me digas que estás considerando esa propuesta?

–Pues parece que sí –respondió Mick desde la puerta.

Estaba apoyado en el quicio de la puerta, con una calma aparente y una sonrisa cínica en los labios.

–¿Cómo has entrado?

–Tu vecina es muy amable. Pero, obviamente, no sabía que ya tenías visita.

–Solo ha venido a traerme un mensaje –dijo mostrando el periódico–. Ya se marchaba.

–¡Kate! –se quejó el hombre.

Ella no lo miró.

–Por favor...

–Está bien, pero volveré.

–Ni lo pienses –le dijo Mick con una mirada cargada de desdén.

Grant se enfrentó a su mirada unos segundos y después se marchó a toda prisa.

Mick entró en la habitación y cerró la puerta tras de sí.

—Tu perro guardián no tiene dientes, *pedhi mou*.

—Solo es un amigo, nada más.

—Pero una vez creíste que estabas enamorada de él. Y ahora te encuentro aquí con él, medio desnuda.

¿Cómo se atrevía? Era él el que la había traicionado. El que había destrozado su matrimonio.

—No tienes ningún derecho...

—¿Crees que no? Quizá tenga que recordarte que todavía eres mi esposa.

Antes de que ella se diera cuenta, él dio un paso hacia ella. La atrapó entre los brazos y la besó en los labios. Al principio, luchó para soltarse; pero él era demasiado fuerte. Sus dedos se enredaron en su pelo y con los labios la obligó a abrir la boca.

No podía respirar. No podía pensar. Solo podía aguantar... aguantar las manos posesivas que le recorría los pechos, las caderas... recordándole que las necesidades de su cuerpo no habían desaparecido.

Cuando la soltó, ella se separó tambaleante, con una mano en la boca enrojecida.

—Eres un canalla —lo insultó—. Un maldito bárbaro.

—Soy lo que siempre he sido. Ya te avisé antes de que no me hicieras enfadar.

—No tienes ningún derecho a enfadarte. Ni a acusarme de nada cuando tú... tú...

Las palabras se le atragantaron en la garganta. No podía enfrentarse a él; todavía no. Le hacía demasiado daño.

–No soy un santo, Katharina. Y tú lo sabías cuando te casaste conmigo.

–Y muy pronto tuve que arrepentirme.

–¿A pesar de todo el dinero que tenías para olvidar mis defectos? Eres difícil de complacer. ¿Vas a venir a la boda? –preguntó cambiando de tema.

–Solo si me dejas en paz. Quiero que quede claro que mi vuelta a Cefalonia no te dará ningún derecho.

–¿Ni una caricia? ¿Ni un beso?

–Nada. O eso o no voy. No me importa el tiempo que me lleve deshacerme de ti.

–Acepto, con la condición de que finjas sentir afecto.

Kate se mordió el labio.

–¿A partir de cuándo?

–Desde ahora mismo. Ya has visto lo que dicen los periódicos. Quiero que te vengas conmigo al hotel.

–En el trato no entra la convivencia; además, estamos en proceso de divorcio. Tarde o temprano lo sabrán.

–Vayamos paso a paso. Esta noche necesito que me acompañes al Royal Empress.

–¿Al Royal Empress? –preguntó ella sin aliento–. Ni hablar.

Él le adivinó el pensamiento.

–Iremos a la suite del ático. Esa no nos trae recuerdos a ninguno de los dos y es tan grande que, si queremos, no tendremos que vernos.

Kate se quedó en silencio un instante.

–De acuerdo. Voy a recoger mis cosas –dudó un momento–. Puedes recogerme dentro de una hora.

Mick se sentó en un sillón y estiró las piernas.

–Puedo esperar.

–No hace falta que hagas guardia –dijo ella–. No pensarás que voy a escaparme, ¿verdad?

–Ya lo hiciste una vez. No pienso volver a correr el riesgo.

Ella le dedicó una mirada fría, se dirigió a su cuarto y cerró la puerta.

En su habitación, se quedó mirando el armario. Tenía pocas cosas y todas eran baratas e informales; nada parecido a la colección de diseños exclusivos que tenía en Cefalonia.

Pero ahora era otra mujer, se recordó a sí misma.

Hizo una maleta pequeña con su cosas, se vistió con ropa práctica y se recogió el pelo en un moño. Si a Mick no le gustaba, iba tener que aguantarse.

Cuando llegó al salón, él estaba leyendo el periódico.

–Ya estoy lista.

Él se levantó y la miró de arriba abajo.

–Creo que tienes que hacer una visita a las boutiques de Bond Street.

–Ahora visto como me place y no puedes obligarme a vestir como tú quieras.

–¿Es esa la ropa que llevas al trabajo?

–Claro que no. En el trabajo me dan un uniforme.

–Bien. Ahora vas a trabajar para mí. Y ese puesto también requiere un uniforme. Así que mañana mismo irás de compras, ¿entiendes?

Ella asintió de mala gana.

–También llevarás esto –dijo sacándose la alianza del bolsillo.

–¡Ah, no! –exclamó ella de manera instintiva y se llevó las manos a las espaldas.

El nombre de él estaba grabado por dentro, pensó desesperada, junto a las palabras «para siempre». No podía ponérselo, era demasiado cruel. Un recordatorio demasiado perturbador de sus sueños ridículos.

Él se fijó en él vaivén de su camisa provocado por la respiración agitada.

–Siempre puedo convencerte –dijo, pasándole un dedo por el labio inferior–. ¿Es eso lo que quieres?

Un escalofrío le recorrió todo el cuerpo.

–No.

–Entonces, dame tu mano.

A regañadientes, ella le tendió la mano. Antes de ponérselo, se llevó el anillo a los labios y le dio un beso. Justo igual que había hecho el día de su boda, pensó ella con amargura. Si ahora le sonreía y se inclinaba para besarla, estaría completamente perdida.

Pero Mick dio un paso hacia atrás, dejando un espacio seguro entre los dos.

Dentro de ella, creció una furia interna por su hipocresía y su traición.

–Te odio.

Él se quedó en silencio un segundo y, después, soltó una carcajada.

–Ódiame todo lo que quieras, pero todavía eres mi mujer y lo seguirás siendo hasta que yo quiera.

Te conviene recordarlo.

Como si fuera posible olvidarlo, pensó ella, mirando hacia otra parte.

Capítulo 6

EL viaje al hotel lo hicieron en silencio. Kate iba concentrada en las casas y las tiendas que pasaban a su alrededor. Cualquier cosa le interesaba con tal de olvidarse del hombre que tenía a su lado y del infranqueable muro que había entre los dos.

Cuando el conductor paró a la puerta del hotel, Kate oyó maldecir a Mick.

—No digas ni una palabra.

De repente, la tomó en sus brazos. Kate sintió que le quitaba las horquillas del pelo, la apretaba contra él y aplastaba su boca contra la de ella.

Después, la puerta del coche se abrió y él la soltó. Cuando puso los pies sobre la acera, los fogonazos de las cámaras le estallaron en la cara. Él salió del coche y la rodeó con un brazo.

—Tranquila, pelirroja —le susurró al oído—. Grítame todo lo que quieras cuando estemos solos.

El director del hotel los acompañó en el ascensor, deseando complacer en todo a su nuevo jefe.

Era una suite preciosa. Ni el odio ni la furia le impedían verlo. Un vestíbulo pequeño daba a un salón lujoso que tenía un dormitorio a cada lado, cada uno con su cuarto de baño.

Había flores por todas partes y, sobre una mesa, una bandeja con fruta, otra con bombones y la consabida botella de champán. Junto a la ventana, había una mesa dispuesta con un mantel blanco inmaculado, cubertería de plata y dos velas.

Una de las paredes estaba cubierta casi al completo por un espejo y ella vio su imagen reflejada en él. Tenía el pelo alborotado, los labios rojos por la fricción del beso e, incluso, tenía un par de botones desabrochados.

Tenía el aspecto de una mujer a la que su marido no podía quitarle las manos de encima.

Mick estaba en la entrada, con una mirada retadora.

—Ahora ya puedes gritar.

—¿Se puede saber por qué hiciste aquello?

—Vi a todos los periodistas esperándonos... Ellos querían una prueba de que nuestro matrimonio era sólido y me pareció una buena idea dársela. Tengo mis motivos.

—¿Motivos? —repitió ella incrédula— ¿Qué motivos puedes tener? —dijo ella, abrochándose los botones de la camisa—. ¡Parece que hemos estado haciendo el amor en la parte de atrás del coche!

—Sabes muy bien que para eso me gustan los lugares privados y cómodos. Además, la presencia de una tercera persona me inhibe bastante —añadió irónico.

Pero siempre había habido alguien más, pensó ella furiosa, aunque entonces no lo había sabido. Cada vez que se tocaban... que hacían el amor, Victorine estaba allí.

—Solo espero que no se vuelva a repetir, porque no creas que voy a cooperar.

–Nunca lo pensé. ¿A qué hora quieres que sirvan la cena?

–No tengo apetito.

–¿Lo mejoraría si te dijera que no voy a cenar contigo?

Ella se encogió de hombros.

–Pediré un sándwich más tarde.

–El chef se molestará, pero puedes hacer lo que quieras.

Ella abrió su bolsa de viaje y sacó su uniforme para colgarlo.

–¿Qué es eso? –preguntó él.

–Mi ropa de trabajo

–¿Por qué la has traído?

–Porque la necesito para ir a trabajar.

–Ya no tienes que ir a trabajar. Si escribes una carta de renuncia, yo me encargaré de que la reciban.

–No pienso hacer eso. Cuando esta farsa acabe, necesitaré continuar trabajando.

–No, Katharina *mou*, con o sin divorcio, mi esposa no trabaja. Yo te mantendré económicamente.

–Lo único que quiero de ti es mi libertad. No deberíamos habernos casado; pero no te preocupes, no diré nada a la prensa de los malos momentos. Tus abogados pueden elaborar el contrato de confidencialidad que quieran, firmaré cualquier cosa.

Él estaba tenso.

–¿Los malos momentos? ¿Es eso todo lo que recuerdas?

Durante un segundo, su mente fue como un caleidoscopio de imágenes... Mick caminado con ella de la mano por Central Park nevado... enseñándola a esquiar, los dos riéndose a carcajadas... dándole un masaje a sus doloridos músculos después del ejercicio... sujetándola en sus brazos mientras dormían.

Eso sobre todo, pensó con angustia. Su contacto y la seguridad que le daban sus brazos.

Y ella pensó que se trataba de amor...

Sus ojos lo miraron con frialdad.

–¿Qué otra cosa ha habido?

–Entonces no hay nada más que decir –dijo él con voz cansada.

Ella se quedo mirándolo mientras salía de la habitación y cerraba la puerta tras de sí. Después, se dirigió hacia la cama, se sentó en un extremo y hundió la cara entre las manos.

¿Quién sería la primera persona que dijo que el amor era ciego?

Porque ella se dio cuenta de que se había enamorado de él antes de la primera cena juntos y lo amó y lo deseó durante las semanas que siguieron.

Cada noche que él pasaba en Londres, y parecía ir allí con mucha frecuencia, su coche la estaba esperando a la salida del trabajo.

La llevó a restaurantes maravillosos, al cine, al teatro y a conciertos. La llevó de excursión al campo y de paseo por el parque.

Pero nunca la llevó a la cama.

Su cortejo era amable, incluso decoroso. Había besos y caricias, pero las manos que encendían su cuerpo nunca lo satisfacían. Siempre se echaba para atrás antes de llegar demasiado lejos y la dejaba totalmente excitada, con todos sus sentidos gritándole que continuara.

Solo Sandy la conocía demasiado bien para estar preocupada.

–¿Sabes lo que estás haciendo? –le preguntó de repente un día mientras Kate se estaba probando un vestido negro.

–¿Qué quieres decir? –preguntó Kate a la defensiva.

–Estás jugando con fuego, preciosa.

–Pensé que Mick te gustaba.

–Y me gusta. Pero ha estado con demasiadas mujeres –dijo meneando la cabeza–. ¿Sabes con quién salía hace poco? Con aquella modelo que después se hizo actriz... Victorine. Parecía que estaban locos el uno por el otro, estaban a punto de casarse. Y, ahora, él vuelve a estar en el mercado y a ella se la ha tragado la tierra; nadie ha oído hablar de ella en este último año.

Se puso de pie y se acercó a su amiga.

–Me temo que no sea un hombre que crea en los compromisos a largo plazo, Katie, y no quiero que te rompa el corazón.

«Me temo que ya es un poco tarde para eso», se dijo Kate en silencio.

Al día siguiente, Mick se marchó a Nueva York y se quedó allí una semana. La llamó varias veces, pero, aun así, lo echó mucho de menos.

El día que volvió, cuando Kate salió de su oficina, se encontró con un completo extraño.

–¿Señorita Dennison?

Era un hombre fuerte, con ojos oscuros y un gran bigote negro. Le pareció que era uno de los hombres que habían estado sentados con Mick en el club la noche que se conocieron.

–Me llamo Iorgos Vasso. Michalis me ha pedido que le mande sus disculpas y que la acompañe al hotel. Está muy cansado después del largo viaje.

–Su voz me suena familiar –le dijo Kate con los ojos entrecerrados– ¿No le escuché hablar con Mick en mi habitación aquella noche en Zycos?

Él se encogió de hombros y, con una sonrisa educada, le dijo:

–Quizá, señorita. No lo recuerdo.

Ella suspiró.

–No importa.

Mick estaba esperando por ella impaciente. Parecía cansado, pero sus sonrisa hizo que su corazón saltara de alegría. La tomó en brazos y la apretó contra su pecho durante un buen rato.

–Esta semana ha sido un infierno –le dijo con calma–. La próxima vez te llevaré conmigo.

Cenaron en el salón de la suite; pero él no comió mucho.

–Perdona, *pedhi mou*, pero estoy exhausto –le dijo con franqueza después de la cena–. ¿Te importa si duermo una media hora? Intentaré ser una compañía más agradable después.

–¿No prefieres que me vaya y nos vemos mañana?

–No, por favor –le dijo, dándole un beso–. Espérame.

Se fue a la habitación y cerró la puerta. Dos horas más tarde, aún no se había despertado y Kate llamó a la puerta.

No hubo respuesta, así que abrió con cuidado. Encima de la mesilla había una lámpara que iluminaba la habitación con una luz muy tenue. Mick estaba tumbado sobre la cama, completamente dormido, con el traje puesto.

Kate caminó de puntillas hacia la cama y se quedó mirándolo durante un rato. Después, se quitó los zapatos y se tumbó a su lado, sobre la colcha de seda.

La temperatura era muy agradable y la cama, demasiado cómoda. Kate sintió que los párpados se le cerraban.

«Debería irme a casa...», pensó antes de quedarse dormida.

Se despertó sobresaltada y miró a su alrededor desorientada. Después, vio a Mick apoyado sobre un codo, estudiándola, con la cara seria.

—Debo... haberme quedado dormida —dijo ella con la voz entrecortada—. ¿Qué hora es?

—Medianoche. Deberías se más cuidadosa. ¿Es que nadie te ha dicho que es peligroso tentar a un hombre hambriento con migajas?

—A lo mejor, yo también estoy hambrienta —dijo ella a media voz.

Él le sonrió mientras le alisaba el pelo.

—Espero que sea verdad. Todavía puedes cambiar de opinión, pero si me dejas que te toque será demasiado tarde.

—Estoy aquí porque quiero —susurró ella—. Porque no puedo evitarlo.

Kate se incorporó un poco y se quitó el jersey que llevaba.

Mick suspiró con fuerza y la tomó en brazos, besándola despacio y con intensidad.

Lentamente, la fue desvistiendo, besando cada rincón de su piel que iba quedando al descubierto.

Cuando estuvo completamente desnuda, él la miró un rato.

—Qué preciosa eres —le dijo con la voz ronca.

A ella le ardió la cara, pero no apartó los ojos de los de él.

Cuando intentó desabrocharle la camisa, él la detuvo.

—Todavía no —le dijo con un beso.

Su boca ardiente se dirigió hacia su pechos y con la lengua jugueteó con sus pezones sonrosados.

—Primero, *agapi mou* —murmuró—, voy a complacerte.

Fue un largo y sinuoso camino de excitación. Kate se encontró vagando a la deriva de sus sentimientos, consciente solo de la respuesta de sus sentidos a las caricias de sus manos y de su boca.

Cuando él introdujo una mano entre sus piernas, a ella se le escapó un gemido gutural, casi animal.

—Sí —le dijo él con dulzura—. Pronto, ángel mío. Pronto.

Con los dedos la exploró suavemente, haciéndola contener el aliento. Al instante, la presión y el ritmo cambiaron, consiguiendo una cadencia trepidante. Dedicó especial atención al pequeño y exquisito punto, centro del placer.

Ella movió el cuerpo con él, buscando, encontrando, mientras todos sus sentidos se centraban en un solo objetivo.

El placer la inundó y se arqueó hacia él pidiéndole más.

Entonces, en su interior, experimentó las primeras oleadas que marcaban su liberación. Fueron en aumento, cada vez más más intensas. Sintió que su cuerpo se consumía y emitió un grito sordo, pensando que se iba a partir en dos.

La tormenta de sentimientos la elevó y la mantuvo en un ardiente limbo, después, la devolvió a la tierra en una espiral, dejándola con la respiración entrecortada.

Permaneció tumbada, intentando controlar su respiración.

Entonces, sintió que Mick se alejaba de ella y murmuró una protesta; pero, al instante, él volvió a su lado desnudo.

—Acaríciame —le pidió él, guiándole la mano hacia abajo.

Al principio lo tocó con timidez, después, animada por sus suaves gemidos, incrementó la intensidad de la caricia.

Él la besó con pasión y le recorrió el cuerpo con las manos y Kate sintió que su cuerpo estaba volviendo a caer presa de la excitación.

Cuando Michael llegó a las caderas, la aupó sobre él y contra sus labios susurró:

—Por favor, ángel mío, llévame dentro de ti.

Ella lo introdujo despacio, conteniendo el aliento, y notó que era muy fácil. Entonces se dio cuenta de lo que había deseado sentir esa suavidad y esa fuerza en su interior. Poseer y ser poseída.

—¿Te hago daño? —le susurró él.

—No —respondió ella con un suspiro—. No, no.

Los movimiento fueron suaves al principio, contenidos. Ella se dio cuenta de que él no le quitaba los ojos de encima, observando los gestos de su cara, atento a su respiración.

Y ella le sonrió, con los ojos luminosos.

Él dudó, luego se alejó.

–¿Qué pasa? –preguntó ella sobrecogida–. ¿He hecho algo mal?

–No, *pedhi mou*. No deberíamos hacerlo sin protección, eso es todo –le dijo con una caricia.

Cuando volvió, se tumbó sobre ella, entrando con un movimiento fluido. Ella le echó los brazos al cuello e, instintivamente, lo rodeó con las piernas para apretarlo más contra ella.

Entonces, el ritmo se hizo más fuerte e intenso y ella se movió con él al unísono.

Experimentó la primera oleada de placer y se apretó contra él. Al instante, sintió que su cuerpo se convulsionaba violentamente. Gritó extasiada y sorprendida y oyó a Michael responderla mientras su propio cuerpo alcanzaba el clímax.

Cuando Kate pudo por fin hablar, le preguntó:

–¿Es siempre así?

–Contigo, siempre, *agapi mou*.

Él le apartó el pelo de la frente empapada y la rodeó con los brazos. Ella se acurrucó contra él y apoyó la mejilla en su pecho.

Después de un silencio, él le susurró:

–Cásate conmigo.

Ella levantó la cabeza hacia él, con los ojos muy abiertos.

–¿Lo has dicho en serio?

–Totalmente. Te estoy pidiendo que seas mi esposa.

–Pero eso es ridículo. Yo no pertenezco a tu mundo.

–Acabamos de empezar a construir nuestro propio mundo, *agapi mou*. No quiero ningún otro.

–Pero tu familia... –se quejó ella–. Ellos espera-
ran que te cases con alguna rica heredera.

–Mi padre tiene su propia vida –dijo él con dureza–. Y yo la mía. Y quiero pasarla contigo. Aunque... –hizo una pausa–. Tal vez tú no quieras...

–Desde la primera vez que te vi en Zycos no he
dejado de pensar en ti. Sí, me casaré contigo.

Él le sujetó la cara y la besó intensamente.

–Vamos a celebrarlo. Llamaré al servicio de habitaciones para que nos traiga champán.

–¿Y fresas?

–¿Te acuerdas?

Él se levantó de la cama y se estiró con natura-
lidad.

Al verlo, Kate sintió que se le secaba la boca.

–Claro que me acuerdo.

Mick agarró un batín de seda que había sobre
un sillón, le tiró un beso y se dirigió al salón.

Dos semanas más tarde, se casaron en un pequeño juzgado con Sandy e Iorgos como testigos.

Pasaron una breve luna de miel en Bali y después volaron a Nueva York, donde Mick estaba su-
pervisando la construcción del último hotel Regina.

–¿Siempre se toma tanto interés? –le preguntó
Kate a Iorgos, que ya se había convertido en su
amigo.

–Este es muy importante para él. Algunos
miembros del consejo de dirección de la cadena
siempre se han opuesto a cualquier expansión lejos
del Mediterráneo. Está claro que pronto heredará
la presidencia, así que tiene que conseguir que sea
un éxito para convencer a los más dudosos.

–¿Es su padre uno de ellos?

–Eso deberías preguntárselo a tu marido.

–Ya lo he hecho –suspiró Kate–. También le he preguntado cuándo iríamos a Grecia para conocer a su familia y él, simplemente, cambia de tema.

El hotel se acabó en Semana Santa y Kate, sonriendo para esconder su temblor, cortó la cinta que inauguraba el Regina de Nueva York.

Una semana más tarde, cuando volvía de hacer unas compras, se encontró a Mick furioso y a Iorgos intentando calmarlo.

–¿Qué ha pasado? –preguntó Kate alarmada.

–Mi padre me ha mandado que te lleve a Cefalonia.

–¿Es eso tan malo? –preguntó ella cautelosa–. Después de todo, tarde o temprano tendríamos que hacerle una visita, ¿no?

–No sería una buena idea desobedecerlo –le dijo su amigo.

–Lo sé.

Por primera vez en todo su matrimonio, él no fue a la cama con ella. Kate se lo encontró tumbado en el sofá con una botella de whisky en la mano.

Nunca lo había visto así, pensó, mientras se arrodillaba a su lado.

–Cariño, ¿qué pasa? Cuéntamelo, por favor.

Él la miró, con la mirada perdida y distante.

–La realidad de la que te hablé una vez nos ha encontrado. Ahora, déjame, necesito estar solo.

Ella se volvió y se marchó a la habitación, sola y terriblemente asustada.

Capítulo 7

LA primera vez que Kate vio Cefalonia fue desde el avión privado de la familia Theodakis.
A pesar de la tensión de la última semana, Kate no pudo evitar sentirse emocionada al ver el hermoso paisaje rocoso a sus pies.

«Quizá las cosas cambien ahora que estamos aquí y vuelvan a ser como eran».

Porque desde que llegó el mensaje de su padre, había surgido una extraña tensión entre ellos.

Desde entonces, cada vez que hacían el amor, él parecía distante, casi cínico en la manera en la que le daba placer. El calor, las risas, la complicidad que habían hecho su intimidad tan preciada habían desaparecido de golpe.

Por primera vez, casi dejó de importarle que Mick utilizara protección. Porque no quería que su hijo fuera concebido de esa manera.

Antes de ir a la isla, Kate había leído todo lo que había podido sobre su historia. Descubrió que había sido devastada por un terremoto en 1953 y solo unas cuantas construcciones habían sobrevivido. Una de ellas había sido Villa Dionysis, el hogar de Michael, y pronto ella estaría allí.

Cuando llegaron a la casa, se sintió más animada. Se trataba de una casa de una planta con los muros blancos y el tejado de tejas rojas. Sobre las puertas y las ventanas caían hojas de parra y el jardín estaba inundado de color.

Parecía que en aquel lugar se había detenido el tiempo.

Salió del coche y aspiró el aroma de los pinos que rodeaban la casa. A través de los árboles, se podía ver el azul turquesa del mar.

«Fui una tonta al preocuparme», pensó Kate. «Este lugar es un paraíso».

Al volverse hacia la casa, la puerta principal se abrió y tras ella apareció una mujer. Era alta y delgada y el pelo negro le caía por la espalda. Su piel era pálida y tenía los ojos color avellana rasgados. Llevaba los labios pintados de rojo y con aquel vestido blanco y ajustado parecía una flor exótica.

A Kate se le encogió el corazón al reconocerla. También fue consciente de que Mick estaba rígido a su lado, con el semblante como una piedra.

Durante un momento, la mujer no se movió, como si les estuviera permitiendo que la apreciaran en su totalidad.

–Bienvenido a casa, *cher* –dijo con voz melosa–. No deberías haber estado tanto tiempo fuera.

Caminó hacia Mick, le echó los brazos al cuello y lo besó en los labios.

–Mmm –dijo al echarse para atrás–. Sabes bien... Tan bien como siempre. Y esta es tu mujer –dijo recorriendo a Kate de arriba abajo con la mirada–. ¿No me presentas?

–Ya sé quién eres –dijo Kate con firmeza–. Eres... Victorine.

No bajo la tierra, como Sandy había sugerido, pensó sintiéndose enferma, sino allí, en Cefalonia, en la casa de Mick.

Pero, ¿cómo? ¿por qué?

–Me adulas –dijo Victorine con una risa–. Sin embargo, tú has sido una sorpresa para... todos –miró a Mick con arrobamiento–. Tu padre no estaba muy contento.

–¿Cuándo lo está? –preguntó Mick con frialdad–. ¿Dónde está ahora?

Victorine se encogió de hombros.

–Está esperando en el salón. Pero, por favor, prométeme que no vais a discutir. Aunque que ahora que te has casado, seguro que te comportas mejor.

–Ha sido un viaje muy largo –dijo Kate con frialdad–. Me gustaría ducharme y cambiarme antes de las presentaciones.

–Claro –dijo Victorine, volviéndose hacia Mick–. Tú tienes tus habitaciones de siempre en el ala oeste, *cher* –hizo una pausa–. ¿Hay alguna habitación en particular que te gustaría para Kate?

–Mi mujer duerme conmigo –dijo él.

Ella enarcó las cejas.

–Qué romántico y... familiar –sonrió a Kate–. Has conseguido domarlo, te felicito –después bajó la voz adoptando un tono confidencial–: Michael odiaba compartir su cama durante toda una noche con cualquiera.

–Bueno –respondió Kate–. Eso demuestra que no soy cualquiera.

Caminó despacio al lado de Mick por los pasillos anchos de la casa, pero bajo la calma aparente estaba hirviendo con una mezcla de sensaciones.

La predominante era la furia, pero también había asombro.

Al final del pasillo, había unas puertas dobles de madera labrada. Mick las abrió con firmeza y la invitó a pasar. Kate se encontró en un salón espacioso, decorado en tonos tierra, con sofás bajos alrededor de una mesa de cristal hexagonal.

Más allá, estaba el dormitorio. La cama era muy amplia y tenía un cobertor color oliva a juego con las cortinas.

Mick caminó por la habitación y abrió otra puerta.

—Aquí está el baño. Ahí encontrarás todo lo que necesitas.

—¿Incluida la sinceridad? —dijo ella con un temblor en la voz—. ¿Y una conversación clara?

Mick se quitó la chaqueta y la dejó sobre una silla.

—Katharina, los dos estamos muy cansados y no de muy buen humor. Por favor, vamos a posponer esta conversación.

—No —respondió ella—. Creo que me merezco una explicación ahora —dijo mientras empezaba a quitarse su traje de chaqueta verde mar.

—¿Qué quieres saber? —preguntó él con los dientes apretados.

—¿Por qué está ella aquí?

—Ahora, es la amante de mi padre —dijo él con dureza—. ¿Satisface eso tu curiosidad?

Kate negó con la cabeza.

—¿Se la pasaste a tu padre?

—No; no quise decir eso. Victorine toma sus propias decisiones. Y mi padre también.

–¿La... amabas?

–Ya la has visto –dijo él burlón–. Tiene que estar claro lo que sentí por ella.

–¿Y ahora?

–Ahora estoy contigo, *pedhi mou*.

–¿Por qué te casaste conmigo? –preguntó a media voz.

–Por un montón de razones –dijo admirando su cuerpo semidesnudo cubierto solo por seda y encaje–. Y esta es solo una de ellas.

Dio dos zancadas hacia ella y la llevó en brazos a la cama.

–Suéltame –le ordenó ella.

–Encantado –dijo él, depositándola sobre la colcha. Luego, le desabrochó el sujetador.

–No –dijo ella, intentando librarse de él.

–¿No, mi Kate? –con los ojos oscuros la retaba–. ¿Y cómo piensas detenerme?

Se inclinó sobre ella y con los dientes se deshizo de la prenda que acababa de soltar. Comenzó a besarle y a mordisquearle los pezones mientras con las manos se deshacía de la única prenda que le faltaba.

Ella pronunció su nombre sin aliento, rodeándolo con los brazos mientras su cuerpo se rendía con una cálida y húmeda aceptación.

Cuando la tormenta pasó, Kate permaneció tumbada a su lado, exhausta.

–Vamos a darnos una ducha –le dijo él–. Tienes que ir a conocer a mi padre. No le gusta esperar mucho.

–Sí, claro –respondió ella y lo vio dirigirse hacia el baño.

Él había suavizado sus preocupaciones haciéndole el amor de la manera más apasionada, pero seguía sin aclararle sus dudas.

Y ella necesitaba saber.

Aristóteles Theodakis estaba de pie junto a la ventana cuando entraron en el salón. Se volvió para saludarlos con el ceño fruncido, con su mirada irradiando poder y cierta agresividad.

No era tan alto como su hijo, pero tenía una complexión más corpulenta. Tenía el pelo plateado y los ojos, brillantes y penetrantes.

Sin lugar a dudas, era un hombre atractivo y carismático, pensó Kate, caminando hacia él, con la mano firmemente agarrada a la de Mick. Pero, aun así, le sorprendía que Victorine hubiera abandonado al hijo por el padre.

En la habitación también había otras personas. Una chica joven con el pelo y los ojos negros y una expresión de enfado en su cara bonita y una señora de mediana edad con el pelo rubio.

Mick se paró a unos metros de su padre e inclinó la cabeza, con frialdad, sin una sonrisa.

–Papá.

Aristóteles Theodakis ni siquiera la miró a ella y se dirigió a su hijo en griego:

–Llevo meses intentando que mi hija deje de hacer el idiota y deje a ese don nadie y ahora vas tú y te casas. Tenía otros planes para ti, Michalis.

Antes de que Mick pudiera responder, Kate dijo con un griego muy claro:

–Quizá sus hijos ya tengan edad para tomar sus propias decisiones, señor.

El hombre volvió la cabeza hacia ella.

—Vaya, vaya, vaya. Así que habla nuestro idioma.

—No muy bien, pero Michael ha estado enseñándome.

El hombre la miró de arriba abajo, lentamente, como si algo en ella lo hubiera sorprendido.

—Quizá no sea tan estúpido como yo pensaba.

Dio una paso al frente y abrió los brazos. Después de un segundo de duda, Mick dio un paso al frente y le dio un abrazo.

—Siéntate —le dijo a Kate, indicándole un sillón al lado de una mesita baja—. Ismene te servirá té helado —después, señaló a la señora rubia—. Katharina te presento a Linda Howell, prima de mi difunta esposa. Solía acompañar a mi hija.

—Y todavía puede hacerlo —respondió Ismene, petulante—. ¿Por qué no puedo ir con ella a Sami?

—Porque sería muy blanda contigo —gruñó su padre—. Saldrías corriendo a encontrarte con Petros Alessou y ella no haría nada para evitarlo.

—Es difícil impedir que Ismene quede con un joven al que conoce desde la infancia —la voz de Linda sonó suave, con un dejé de acento americano.

—Ismene no va a ver al chico de Alessou y se acabó. Un joven médico con solo ideas en la cabeza y nada en el banco. Menuda pareja para mi hija. ¡Y los problemas que he tenido con su padre! —dijo alzando las manos al cielo—. ¡No he echado una buena partida de ajedrez en varias semanas! ¿Sabes jugar? —añadió, mirando a Kate.

—No.

–Pues eso también puede enseñártelo mi hijo, por las noches, mientras esperas a que nazca mi nieto.

Kate contuvo el aliento.

–Señor Theodakis, no estoy... –hizo una pausa, consciente de que las mejillas le ardían y miró a Mick, cuya expresión seguía dura como una piedra.

–Pues claro que no –intervino Linda, contemporizando–. Ari, eres imposible; los chicos todavía están de luna de miel.

Él se encogió de hombros.

–Entonces, ¿por qué esa boda tan rápida?

–Porque no había ningún motivo para esperar –respondió Mick–. Papa, pensé que querías verme casado, asentado.

–Es cierto –dijo el hombre con el ceño fruncido–. Pero un hombre necesita hijos para que le den estabilidad.

–Sí –dijo Mick con calma–. Cuando nosotros queramos, no cuando lo digas tú.

–No es justo –intervino Ismene–. Michalis se puede casar con alguien sin dinero y a mí ni siquiera me dejas ver a Petros.

La cara de Mick se relajó.

–Eso es porque yo no le di opción, hermanita.

–Así que tú te puedes casar con una don nadie sin un céntimo y yo tengo que casarme con Spiros Georgiou porque su familia es rica. Un hombre que lleva gafas y siempre tiene las manos húmedas, además de ser más bajo que yo.

Había una mezcla de verdadera tristeza y angustia en la voz de la muchacha y Kate tuvo que hacer un esfuerzo para no sonreír.

–Vigila tu vocabulario –la advirtió su padre enfadado– o te mando a tu cuarto.

Ismene dejó la jarra de golpe.

–Encantada –contestó y se marchó de la habitación.

Entonces, Linda dijo con suavidad:

–Kate, ¿nos vamos a tomar un té a la terraza y dejamos a los hombres a solas para que hablen de sus cosas?

Kate forzó una sonrisa.

–Claro.

La terraza era amplia y estaba rodeada por una balaustrada. Kate se apoyó sobre la piedra y tomó aliento, mirando hacia los pinos que se extendían hasta el borde el mar.

–Esto es precioso.

–Sí, pero también es un campo de minas, como ya has podido comprobar.

–Sí –respondió Kate, mordiéndose el labio–. ¿Siempre se han llevado tan mal?

–Cuando Regina estaba viva, no. Aunque ella ya intuyó que habría problemas cuando Mick desafiara la autoridad de su padre.

–¿Es ella la del retrato sobre la chimenea?

–Sí. Todavía me sorprende que siga ahí.

–¿Regina y tú erais buenas amigas?

–Crecimos juntas. Mi padre era diplomático y siempre estaba viajando por lo que yo me quedé en casa de mis tíos. Regina y yo éramos como hermanas. Cuando se casó con Ari, la villa se convirtió en mi segundo hogar. Cuando se murió, me pareció lo más natural quedarme a cuidar de Ismene.

–¿Crees que deberían dejarla que se casara con ese tal Petros?

–Es un chico fantástico. Pero Ismene ha planteado mal el asunto. Debía haber dejado que Ari pensara que la idea había sido suya. Justo antes de que tú llegaras, le dijo a su padre que dejara que Petros viniera a la cena de familia como su futuro esposo –puso una cara de escepticismo–. Le dije que no lo intentara, a los hombres de esta familia no le gustan los ultimátums.

–Ya me he dado cuenta –dijo Kate–. Mick está de mal humor desde que su padre dijo que viniéramos. Aunque también podría haber otra razón –añadió con cautela.

–¡Ah! –exclamó Linda–. Así que ya has conocido a la otra inquilina.

–Sí –respondió Kate, mirando al horizonte.

–Si quieres que te dé una explicación, no puedo. Primero estaba con Mick y ahora está con Ari. Lo único que sé es que Mick se casó contigo y no con una rica heredera –le dedicó a Kate una sonrisa–. Será mejor que vayamos a verlos... vamos a comprobar que no ha corrido la sangre.

–¿Tan mal se llevan?

–No mucho. Además, si la cosa se pone fea, siempre podéis iros a la casita de la playa –dijo señalando hacia un lugar entre los pinos–. Ari la mandó construir para cuando había muchos invitados, pero Regina la hizo suya. Él pasaba mucho tiempo fuera y ella se encontraba muy sola en una casa tan grande como la villa. Tiene su propia piscina y una maravillosa plataforma que da al mar.

Entonces, miró la hora.

–Vaya, tengo que marcharme.

–¿No te quedas a cenar?

–No. Solo he venido a conocerte –le sonrió a Kate–. Espero que vengas algún día a visitarme a Sami. Dile a Ismene que te lleve. Hoy no has conocido su mejor faceta, pero podría ser una buena amiga.

–Quizá –dijo Kate mientras la mujer se alejaba.

Se volvió a mirar la casa de la playa. Al día siguiente, iría a verla.

Oyó ruido de voces, y Mick y su padre aparecieron en la terraza.

–Bueno, *pedhi mou*, ¿crees que serás feliz aquí? –le preguntó Ari.

–Soy feliz con Michael dondequiera que él esté –respondió con calma.

–Bien, bien –respondió con una sonrisa–. Me alegro de que mi hijo sea un marido tan atento.

El color de las mejillas de Kate se acentuó, pero le devolvió la mirada sin pestañear.

–No tengo ninguna queja, señor.

Mick le dedicó una sonrisa y le pasó un brazo por los hombros.

Ari parecía contento.

–Será como en los viejos tiempos –dijo, dándole una palmada a su hijo.

Mick miró al mar, sin expresión en el rostro.

–Lo que tú digas.

–He pensado decirle a tu hermana que me muestre los alrededores –le dijo a Mick mientras se cambiaban para la cena–. Así podremos conocernos un poco mejor.

–No te dejes llevar por las intrigas de Ismene. Siempre acaban en lágrimas.

Kate estaba sentada en ropa interior en el tocador, retocándose el maquillaje.

–Desde luego, el hombre que ha elegido tu padre no parece muy atractivo.

–No te preocupes. No la obligará a casarse con nadie –hizo una pausa–. Tienes el pelo precioso.

–Me lo hizo Soula –dijo Kate llevándose una mano al artístico moño de aspecto informal–. Parece ser que tu padre le dijo que cuidara de mí. ¡Me habría vestido si la hubiera dejado!

–Me alegro de que me reserves ciertos privilegios –fue al vestidor contiguo y apareció con un vestido de seda negra sobre el brazo.

–Ponte esto esta noche, *agapi mou*.

–¿De verdad? –preguntó enarcando las cejas, dudosa.

Se trataba de un elegante vestido con un escote pronunciado y tiras finísimas en la espalda que le había comprado en Nueva York.

–¿No te parece un poco exagerado para una cena familiar? Además, no puedo llevar sujetador.

–Lo sé –dijo él, desabrochándole la delicada prenda de lencería–. En su lugar ponte esto –añadió mostrando un espectacular diamante en forma de lágrima. Kate contuvo el aliento cuando Mick le abrochó la fina cadena de oro alrededor del cuello.

–Es... es precioso.

Los ojos de él se encontraron con los de ella en el espejo.

–Una joya... –dijo él, acariciándola–, para mi joya.

Cuando entró en el salón del brazo de Mick, se encontró con que solo estaba Ismene. La joven estaba sentada junto a la chimenea ojeando una revista de moda.

–Michalis, papá quiere que vayas a su estudio. Ha llegado un fax que deberías ver.

–De acuerdo. Por favor, cuida de Katharina por mí.

Ismene se acercó a ella.

–Perdona que antes hablara de ti así. Aunque papá te lo dijo antes.

Kate se rio.

–Vamos a olvidarlo y a empezar de cero, ¿te parece bien?

–Fenomenal. Tú no eres como las otras mujeres con las que iba.

–Ya me he dado cuenta.

A Ismene se le escapó una risita.

–¿Ya la has conocido? Me habría gustado verla. Cuánto te debe odiar.

–Pero esa historia ya es parte del pasado, ¿verdad?

–¿Ah, sí? Tal vez –dijo, encogiéndose de hombros.

Kate luchó consigo misma para olvidarse del tema y perdió.

–¿Cómo acabó Victorine con tu padre?

–Es un misterio. Al principio, pensamos que había venido a esperar a Michalis. No nos podíamos creer que mi padre la hubiera invitado y que fuera su amante. Cuando Michalis volvió, estaba tan enfadado... como loco. Se gritaron cosas terribles... Pero ahora que se ha casado contigo ya no hace falta que esté fuera de aquí. Porque no puede estar enamorado de Victorine, y papá no tiene razón para estar celoso.

–No –dijo Kate pensativa–. Todo ha salido muy bien.

–Ojalá a mí me fuera tan bien. ¿Te quieres creer que mi padre ya no deja a Petros que venga a casa? Pero a mí no me importa porque, aun así, seguimos comprometidos –después miró a Kate con esperanza–. Quizá Michalis convenza a mi padre.

Kate le dedicó una sonrisa, pero no pudo responder porque en ese momento entró Victorine en el salón. Llevaba un vestido ajustado rosa fucsia con el corpiño bordado.

Se sirvió una bebida y se dirigió hacia ellas, con los ojos fijos en el colgante de Kate.

–¿Una nueva joya, *chère*? –preguntó ignorando a Ismene. Su boca mostraban una sonrisa, pero sus ojos eran crueles–. Los hombres suelen regalar a sus mujeres regalos caros cuando se sienten culpables por algo. Me pregunto qué tiene Mick en la conciencia.

–¡Zorra! –susurró Ismene cuando la mujer se alejó en dirección a la chimenea–. No te creas nada de lo que te diga.

Era más fácil decirlo que hacerlo.

Ari le concedió el lugar de honor junto a él durante la cena. Habló con ella con amabilidad; pero ella tuvo la sensación que la estaba analizando, por lo que no se sintió muy cómoda.

–Desde mañana, tú serás la que pida las comidas y te encargues de la casa. Le he dado instrucciones a Androula y a Yannis, mi mayordomo, para que se dirijan a ti.

Kate lo miró atónita.

–¿Yo? Pero si nunca...

–Siempre es un buen momento par comenzar –dijo con un tono que zanjaba el asunto–. Eres la esposa de mi hijo y tienes que ocupar el lugar que te corresponde en esta casa.

Le dedicó una fiera mirada a Mick y este asintió muy serio.

–Y no me hagáis esperar mucho por un nieto –añadió más jovial, mirando de nuevo a Kate.

El día había sido muy intenso, pensó Kate mientras se preparaba para acostarse esa noche.

Cuando salió del baño, Mick estaba junto a la ventana mirando a la oscuridad.

Ella lo rodeó por la cintura.

–¿Vienes a la cama?

–Dentro de un rato.

Ella apoyó la mejilla en su pecho.

–Bueno, ya sabes que tenemos instrucciones.

Él se separó de inmediato.

–Escúchame, Katharina. Yo doy órdenes, no las recibo. Y, ahora, pretendo dormir.

Se quitó el albornoz y se metió en la cama desnudo. Se deslizó hacia un extremo y le dio la espalda por primera vez desde que se habían casado.

Ella se quedó allí de pie extrañada, sintiéndose, de repente, muy sola. Con el diamante de Mick quemándole entre los senos.

Capítulo 8

PENSÉ que era imposible ser más infeliz y sentirme más sola que aquella noche», se dijo Kate. «No tenía ni idea de lo que estaba por llegar».

Miró alrededor de aquella habitación de hotel, lujosa e impersonal, y sintió un escalofrío.

Debería haberse dado cuenta, pensó. Tendría que haber atado cabos, haberse dado cuenta de que su matrimonio no funcionaba y pensar en el motivo.

Sin embargo, a la mañana siguiente de su llegada a Cefalonia, se despertó en su brazos. Y él le susurró al oído:

–Perdóname, *agapi mou*. Lo siento mucho...

Ella lo atrajo hacia sí y abrió los labios para recibir su beso.

Le resultó muy fácil pensar que había sido una simple riña de recién casados. Por supuesto, pensó Kate, con los recuerdos torturando su mente, en aquel momento no sabía todo lo que había que perdonar.

Porque nunca fue una esposa verdadera. Solo una mujer cuyo papel era desviar la atención del padre de Mick de la verdad, de la relación que mantenía con Victorine. La solución a un problema... justo lo que le había oído decir a Iorgos aquella noche en Zycos.

«Mick no quería que tuviéramos un hijo porque sabía que nuestro matrimonio no iba a durar mucho. Y por eso, tampoco me dijo nunca que me quería».

Se oyó gemir con dolor. Se levantó de la cama y comenzó a pasearse por la habitación.

No debería estar haciéndose aquello y lo sabía. Todo estaba demasiado reciente y aún le dolía demasiado. Después de todo, no hacia ni dos meses que había estado viviendo en aquel paraíso ficticio.

Tan pronto como volviera a Cefalonia, sus heridas se le volverían a abrir.

Tendría que ver a Mick y a Victorine juntos, intercambiando miradas de amantes. Tendría que formar parte de la traición de la que había escapado. Hasta que Mick decidiera que podía irse.

A pesar de lo mal que se sentía, no podía negar la magia de las primeras semanas que pasó en Cefalonia...

Empezando por la mañana siguiente, durante el desayuno, cuando Ismene le comunicó que Victorine ya no estaba en la villa.

—Se ha ido a París de compras —le confió—. Para comprarse un diamante más grande que el tuyo —añadió traviesa.

—¿Ha ido tu padre con ella?

—No, no —Ismene parecía sorprendida—. Pronto empezará a reunirse con los directores de nuestras empresas. La última vez, Victorine se aburrió tanto... —se llevó una mano a la frente parodiando un gesto de aburrimiento–. Le gusta mucho el dinero, pero no le interesa cómo se consigue.

A Kate no la molestó la ausencia de la mujer, en especial cuando los días se convirtieron en semanas y ella no daba muestras de querer regresar.

Kate estuvo muy ocupada con la casa. Era mucho más grande de lo que había pensado; un verdadero laberinto de pasillos y corredores.

–Cada generación ha añadido algo a la casa –le dijo Yannis mientras le mostraba la propiedad–. El señor Michalis y usted harán lo mismo... cuando lleguen los niños.

Kate ahogó una sonrisa. Era ridículo, pensó, que todos se interesaran tanto por sus futuros hijos. Una pena que no pudiera hablar del tema con Mick.

No pudo evitar estar nerviosa cuando los primeros invitados comenzaron a llegar, pero gracias a su preparación en turismo y relaciones públicas, se las arregló para que cada uno tuviera lo que necesitaba.

No había sido una época muy tranquila. Kate había sido consciente de la tensión en el ambiente y la seriedad de Mick y de su padre en ciertas ocasiones.

Cuando todos los visitantes se marcharon, después de adularla y darle las gracias, ella respiró tranquila.

–Lo has hecho muy bien, *pedhi mou* –le dijo Ari, con una sonrisa de satisfacción–. De hecho, ha sido todo un éxito.

Ahora, podía relajarse y disfrutar del mar y del sol. Ya empezaba a sentirse como en casa. Los empleados hacían tan bien su trabajo, que la casa se llevaba sola y eso le daba la oportunidad de explorar el resto de la isla. A veces iba con Linda; pero muchas otras veces iba con Mick.

Le encantaba que le hablara de la historia, a veces turbulenta, de Cefalonia, y disfrutó mucho con todo lo que le enseñó: descubrimientos arqueológicos, cuevas subterráneas, lagos secretos...

Las disputas de Ismene con su padre sobre su deseo de casarse con Petros no cesaron. Aunque se le prohibió verlo, continuó haciéndolo en secreto.

Kate tuvo que llevar un par de veces a Ismene a Argostoli, la capital de la isla, con la excusa de ir de compras.

Ismene insistió en presentarle a Petros y Kate tuvo que admitir que, aunque no era muy hablador, tenía sentido del humor, además de ser muy guapo e inteligente.

—Papá dice que no es bueno para mí —le dijo Ismene de vuelta a casa—. Pero, a decir verdad, creo que es demasiado bueno. De todas formas, seré una buena y amante esposa para él.

Kate se sintió emocionada con esa declaración; pero, cuando se lo mencionó a Mick, este se enfadó muchísimo.

—Te dije que no te involucraras —le recordó con frialdad—. Ahora la estas ayudando en su engaño.

Estuvieron a punto de tener una pelea por aquello, por lo que decidió que no volvería a tomar parte.

A Kate no la molestó cuando Mick le sugirió que se fueran a vivir a la casa de la playa. De hecho, ya se había convertido en uno de sus lugares favoritos. Desde que comenzó el verdadero calor de verano, se bañaba cada día en la piscina, y la plataforma de la que le había hablado Linda le servía para tomar el sol.

La casa era mucho más pequeña que la villa, solo tenía dos dormitorios y un gran salón, una cocina y un baño; pero estaba amueblada con un gusto exquisito.

—Como una segunda luna de miel —dijo Kate soñadora durante su primera noche allí.

Mick enarcó las cejas.

—Y menos oportunidades de que te compliques en los asuntos de Ismene, *pedhi mou* —le dijo él tomándola en brazos.

No le gustó enterarse de que él estaba a punto de marcharse a visitar los hoteles Regina de Corfú, Creta y Rodas y que ella no iba a ir con él.

—Es pura rutina. Te aburrirías —le dio un beso y se marchó para el aeropuerto—. Intenta que mi padre e Ismene no se maten el uno al otro, volveré antes de que te des cuenta.

Pero ella se quedó intranquila sin él. Los días se le hicieron largos y las noches, aún más. Lo único que la consolaba un poco eran sus llamadas diarias.

Pasaba mucho más tiempo en la casa de la playa que en la villa. A menudo, la visitaba Linda, e Ismene cuando se le pasó el enfado por no llevarla a sus encuentros secretos.

Mick llevaba unas dos semanas fuera cuando Victorine volvió. Tan pronto como Kate puso un pie en la villa, se dio cuenta del cambió sutil en la atmósfera. Cuando Ismene se lo dijo, ella ya lo había intuido.

–Y está de muy buen humor, todo sonrisas –le dijo la muchacha–. Tendrías que ver el equipaje que ha traído. Debe de haberse comprado todo París. ¡Y me ha traído un regalo de Atenas!

Kate arrugó la nariz.

–Quizá haya decidido mostrarse amable.

Pero su optimismo no le duró mucho tiempo.

–Te has puesto morena, *chère* –dijo Victorine que estaba en una tumbona con un minúsculo biquini–. Ese color de pelo puede hacerle a una mujer tan pálida...

–Buenos días a ti también –le respondió Kate con frialdad, sirviéndose un zumo de naranja.

–Todavía no estás embarazada –dijo Victorine mientras se aplicaba bronceador en los brazos–. Ari está muy molesto. No es muy inteligente hacerle esperar mucho, quizá empiece a dudar de vuestro matrimonio. Especialmente cuando Michalis vuelve a estar inquieto y te deja aquí sola.

–Mick ha tenido que marcharse por negocios –dijo Kate, resistiendo la tentación de lanzarle el zumo encima–. No tenemos que estar unidos a todas horas del día.

–Ni por la noche tampoco –con una sonrisa cínica, Victorine cerró el bote de crema–. Eres muy comprensiva al permitirle estas pequeñas escapadas. Espero que tu confianza sea recompensada. Mick puede ser tan malvado cuando se aburre...

Kate dejó el vaso sobre mesa.

–Eso lo sabrás tú muy bien –dijo Kate mientras se daba la vuelta para alejarse de allí.

Pero ni el placer de decir la última palabra calmó la angustia que le había provocado la conversación.

«Me mantendré alejada de aquí», pensó agradecida de tener su propia casa.

Para su horror, Ari le dijo que la esperaban para cenar aquella noche, y ella no pudo rechazar la invitación.

Durante la cena, Victorine estuvo en su ambiente. Su comportamiento hacia Ari fue seductor y posesivo mientras les contaba a todos los últimos cotilleos de los famosos y les informaba de los contratos que le habían ofrecido.

–Pero no podría estar tantos meses lejos de ti, *cher*. Unas semanas ya es demasiado –dijo con una mano sobre el brazo de Ari.

Kate se estaba preguntando qué excusa podría dar para no quedarse a tomar el café en el salón cuando la puerta del comedor se abrió y Mick entró por ella.

Entre las exclamaciones de sorpresa y bienvenida, Kate se puso de pie temblorosa.

–¿Por qué no me avisaste? –le susurró cuando llegó a su lado.

–Quería darte una sorpresa, *agapi mou* –la rodeó con sus brazos y la atrajo hacia él. Sus labios sobre los de ella eran cálidos–. ¿Lo he conseguido?

–¿Le digo a Androula que te ponga un plato en la mesa, hijo? –preguntó Ari.

–No ya cené en Atenas con Iorgos. Ahora solo quiero quitarme el olor de la ciudad y descansar un rato –le dijo con una sonrisa–. Ven a prepararme un baño, *pedhi mou* –le pidió con dulzura.

Mientras Kate salía con él, fue consciente de la mirada de odio de Victorine.

–¿Te ha ido bien? –le preguntó Kate a Mick mientras descansaba entre sus brazos dentro la bañera de agua aromatizada.

–Lo mejor de todo ha sido el recibimiento –dijo, dándole un beso en el pelo empapado–. Quizá debiera irme más a menudo.

–No estoy de acuerdo– dijo ella acariciándolo con suavidad–. No sabía que ibas a Atenas.

–Yo tampoco; pero no pude evitarlo. Un asunto de última hora –agarró una esponja y le echó agua caliente sobre los hombros–. ¿Qué tal por aquí?

Ella se mordió el labio.

–Victorine ha vuelto esta mañana.

–Debe de haber saqueado la mitad de las boutiques europeas.

–También ha estado en Atenas.

–Es una ciudad muy grande, *agapi mou* –dijo él besándole el cuello–. Vamos a secarnos. La cama nos está esperando y puedes demostrarme otra vez lo contenta que estás de verme.

Y Kate se olvidó de todo.

Pero la duda quedó ahí: Mick no había negado que hubiera visto a Victorine en Atenas; solo había salido por la tangente.

Y por mucho que hubiera deseado su vuelta, tuvo que reconocer que su relación no iba como la seda.

Durante las veinticuatro horas siguientes, la relación de Mick y Ari fue muy tirante, y Mick parecía haberse retirado a su propio mundo.

Los ejecutivos de las empresas continuaron yendo y viniendo. Kate luchó por desempeñar su papel de anfitriona lo mejor posible, pero se dio cuenta de que su sonrisa empezaba a fallarle después de un tiempo. Sentía como si estuviera viviendo en la boca de un volcán a punto de explotar. Cuando le preguntó a Mick qué estaba pasando, él le dijo que eran asuntos de negocios.

—Pero quiero ayudar —protestó ella.

—Ya estás ayudando —le dio un beso en la cabeza—. Confórmate.

Pero era más fácil decirlo que hacerlo.

Incluso cuando hacían el amor, Kate lo encontraba distante.

Un día, mientras descansaban al lado de la piscina, Kate dejó a un lado el libro que estaba leyendo y le dijo:

—¿Cuándo vamos a tener un hijo?

Él estaba ojeando unos papeles.

—¿Ha estado insistiendo mi padre?

—No —respondió ella—. Esta vez ha sido idea mía. Michael, por favor, ¿podemos hablar del tema?

Su gesto se endureció.

—Este no es un buen momento, *pedhi mou* —dijo él con suavidad pero inflexible.

—¿Cuándo podemos hablar de nuestro matrimonio, de nuestro futuro?

—Cuando vuelva de América. Hablaremos entonces.

Ella se incorporó, mirándolo fijamente.

—¿Te vas a Nueva York? ¿Cuándo?

—La semana que viene. Estaré fuera diez días, quizá menos.

—Llévame contigo —le pidió ella sin aliento.

—Es un viaje de negocios, Katharina. Estaré todo el día en reuniones. No nos veríamos.

—Mick, por favor. Es muy importante para mí.

—Y tú eres importante aquí. La casa no funcionaría sin ti.

—Eso es una tontería y tú lo sabes muy bien. La casa marcha como un reloj.

—Pero tú le das cuerda. Mi padre está muy contento contigo.

—Pero yo soy tu mujer. Mick, por favor... quiero estar contigo.

—En Nueva York no estarías conmigo porque yo siempre estaría con otra gente —recogió su papeles—. No te preocupes, volveré pronto.

—No quiero quedarme aquí sola.

—¿Tanto te molesta quedarte aquí? —dijo él, poniéndose de pie enfadado—. Tienes todas las comodidades del mundo. Los criados te adoran, Ismene te quiere como una hermana...

—Y tu ex-amante piensa que soy odiosa.

—¡Ah! Victorine —dijo él con suavidad—. Ya sabía yo que tendríamos que hablar de ella.

—No puedes pretender que es una situación normal.

–Pero tenemos que aceptarla. Por lo menos, por el momento.

–¿Puedes tú aceptarla? –preguntó ella asustada–. ¿Por eso nos hemos venido a la casa de la playa, Michael? ¿Porque no puedes soportar verla con tu padre? Dime... dime la verdad.

A pesar de lo acalorado de la discusión su mirada fue fría como el hielo.

–Eso es absurdo, Katharina. Si no quieres que me enfade, no vuelvas a hablarme nunca de eso –agarró su reloj y se lo ajustó a la muñeca–. Voy a darme una ducha y voy a ir a Argostoli. Y, aun a riesgo de que me acuses de abandono, no voy a llevarte conmigo.

Cuando él desapareció, ella intentó volver a leer; pero las lágrimas le nublaban la visión. Sentía un nudo terrible en la garganta y como si un puño le oprimiera el pecho.

«¡Oh, Dios mío! ¿Qué he dicho?».

Él volvió mientras ella se estaba arreglando para la cena. Se había puesto el vestido negro que a él tanto le gustaba y se había colocado el diamante en el cuello.

–Mick –dijo con voz temblorosa–. Lo siento. No sabía lo que estaba diciendo.

Él le puso las manos sobre los hombros y mantuvo su mirada a través del espejo.

–Quizá los dos tengamos que pensar un poco y mi viaje nos dé un poco de espacio.

«No», pensó ella. «Eso no es lo que necesitamos. Ya estamos demasiado alejados. De hecho no puedo llegar hasta ti».

En lugar de decir eso, le sonrió.

–Espero que tengas razón –dijo llorando por dentro.

Kate se secó las lágrimas que ya no tenía que esconder. ¿Por qué tenía que recordar las cosas con tanta nitidez? Con lo fácil que hubiera sido su vida si lograra olvidarlo todo.

–No puedo seguir torturándome así –se dijo en voz alta.

Fue al cuarto de baño y se lavó la cara, intentando ocultar los signos de su tristeza. Tenía que hablar con Mick. Decirle que no podía volver a Cefalonia. Que no le importaba cuánto tiempo les llevara el divorcio...

Cuando salió de su habitación se lo encontró en el salón, vestido para salir.

–Katharina *mou*. Si hubieras aguantado un poco más en tu habitación, habrías evitado verme.

–¿Vas a salir?

–Evidentemente.

–¿Adónde vas?

–Ten cuidado. Si no quieres que te trate como a mi esposa, no hables como si lo fueras.

Ella se mordió el labio.

–Es que... quería hablar contigo.

–No estoy de humor –respondió él–. Voy a buscar una compañía agradable. Dios sabe que no será difícil.

–He cambiado de opinión –le dijo Kate–. No puedo ir contigo.

–Ya es demasiado tarde. No voy a permitir que te eches atrás.

–No puedes obligarme.

Las palabras salieron de su boca antes de que pudiera pensárselas. Fue un error. Lo supo incluso antes de ver su sonrisa.

–¿Eso crees? Yo no opino lo mismo, querida esposa. Quizá debiera quedarme aquí y demostrarte que puedo convencerte de que hagas lo que yo quiera. Porque todavía no puedes evitarlo. Y tú lo sabes –hizo una pausa–. ¿O prefieres atenerte al trato que hemos hecho y pasar las noches sola?

–Sí –respondió ella sin voz–. Lo prefiero.

Mientras el color huía de su rostro él la miró y asintió.

–Que tengas buenas noches.

Y se marchó.

Capítulo 9

MIENTRAS el avión descendía en el aeropuerto de Cefalonia Kate rompió el silencio que había mantenido durante todo el vuelo.

–¿No le has hablado a nadie del divorcio?

–No, a nadie. Pretendo que sea un asunto entre nosotros dos, por el momento. No quiero estropearle a mi hermana la boda. Pero si continúas con esa actitud, no engañaremos a nadie.

–No se preocupe el señor, me comportaré como una amante esposa. En público, al menos.

–Un precio muy bajo por tu libertad –dijo él cortante.

«No lo creo», dijo ella para sí mima. «Ya estoy pagándola demasiado cara».

Los días que habían pasado en Londres habían sido insoportables; aunque no se habían visto mucho, se recordó a sí misma. Mick había cumplido rigurosamente la promesa de mantener las distancias en privado.

Durante el día, había estado en reuniones y, por las noches, siempre volvía muy tarde. Desde luego, la fidelidad nunca había sido uno de sus fuertes.

Ella había pasado las noches despierta, en la oscuridad de su habitación, esperando a oírlo llegar. Durante el día, a parte de unas compras, tampoco había tenido mucho que hacer.

Y eso, por supuesto, había sido para volverse loca.

La vida que había intentado construirse había desaparecido de un plumazo. Cuando volviera de Cefalonia, tendría que empezar de nuevo.

El viaje a la villa se le hizo muy corto.

Los criados la recibieron encantados y ella se sintió como una traidora. Especialmente cuando su suegro la recibió en el salón con los brazos abiertos.

—¡Katharina!, estaba muy preocupado por ti. Pero Michalis nos dijo que había sido un asunto de máxima urgencia. Espero que ya esté todo resuelto.

—No quise molestar a nadie —dijo Kate, mordiéndose el labio.

—Ahora eres de la familia y tus preocupaciones son nuestras. Pero debes de estar cansada. Michalis, acompáñala a la casa de la playa para que descanse.

El corazón de Kate le latía a toda velocidad mientras volvía a recorrer ese camino, pero esa vez no iba a su luna de miel, sino al lugar donde se había cometido la traición, la infamia.

Sin darse cuenta, tropezó con una piedra y él la agarró del brazo.

Ella se liberó de un tirón.

—No me toques.

Él se quedó atónito.

«Todavía no se puede creer que no me resulte irresistible», pensó Kate furiosa.

La casa estaba llena de flores, descubrió ella con desmayo. En el dormitorio principal, había cestas y ramos por todas partes. Al ver que sus maletas estaban allí, sintió náuseas.

–No... en este dormitorio, no. No me voy a quedar ahí. Por favor, di que pongan mis cosas en la habitación de invitados.

–La he estado usando yo –le respondió él.

–Entonces tendrás que cambiarte –le soltó ella–. Si no, me marcho. Ahora mismo. Y al diablo con nuestro acuerdo. No pienso dormir en esa cama nunca más.

Él se puso pálido.

–Katharina... por Dios, ¿cómo hemos llegado a este extremo?

–Pregúntatelo a ti mismo –dijo fría como el hielo.

Pasó por su lado y se dirigió a la otra habitación. La cama estaba recién hecha y ella se sentó en el borde, consciente de que le temblaban las piernas.

Mick entró detrás de ella.

–Tengo mis cosas en el armario. Me las llevaré.

–Sí –respondió ella–. Luego, desharé mi equipaje.

–Soula puede hacerlo, como siempre. Además, tu ropa se quedará en la otra habitación. Has venido para mantener una ilusión...

–Bien –aceptó ella–. Elegiré cada día lo del día siguiente. Después, me mantendré fuera de tu camino.

Después de una pausa prolongada, Mick dijo:

–No sé si voy a poder aguantar esto –y se marchó.

Kate se quedó en medio de la habitación, temblorosa, sabiendo que tenía que hacer algo.

Todavía hacía calor para estar a finales de septiembre, por lo que decidió tomar el sol junto a la piscina. Entró en la habitación de Mick para recoger un biquini cuando Ismene apareció por la puerta.

—Kate, por fin te encuentro —dijo Ismene—. Temía que no fueras a venir. Michalis me dijo que te mandara una invitación, que solo si lo veías por escrito podrías creerlo.

—¿Cómo conseguiste que tu padre cambiara de opinión?

Ismene se encogió de hombros.

—No lo sé. Un día me habló de forma extraña. Me dijo que era difícil encontrar a un persona que le hiciera feliz a uno. Que Michalis te tenía a ti y que él había tenido a mi madre... ¿Crees que se estará cansando de Victorine?

—Yo no contaría con ello —dijo Kate, forzando una sonrisa.

—Bueno, Kate, ¿por qué te marchaste sin decir nada?

—Fue un imprevisto —dijo Kate con firmeza—. Un asunto de familia, no puedo hablar de ello...

—¿Pero está solucionado y te vas a quedar?

—Nada es seguro en este mundo incierto. Lo que sí es seguro es que estaré en tu boda.

—Mi vestido es maravilloso —le confió la chica entusiasmada—. Y llevaré el velo de mi madre. Nos casaremos por la mañana en la iglesia del pueblo y después habrá una celebración en la plaza. Por la noche, habrá fiesta aquí con un baile —dijo con un suspiro–. Pero nos lo perderemos casi todo porque estaremos de luna de miel.

Kate no pudo evitar reírse.

–Una luna de miel es mucho mejor que cualquier fiesta.

–Yo estoy completamente de acuerdo –dijo Mick, desde la puerta.

–Bueno, ya me marchaba –se despidió Ismene con una risita–. Hasta luego.

Y se marchó dejando al matrimonio solo, el uno frente al otro.

–Pensaba ir a la piscina y entré por un biquini –dijo ella, mostrándole la prenda.

–Entonces, yo iré a la playa.

–¿No crees que eso es exagerar un poco?

–Te lo prometí, *agapi mou*. Además, verte con tan poca ropa encima todavía me desconcierta bastante –empezó a desabrocharse la camisa lentamente–. Estoy seguro de que me entiendes.

–Sí –respondió ella con la voz entrecortada. De repente, recordó que Victorine solía ir a la playa–. Seguro que allí encuentras mejores vistas.

–¿Qué se supone que quiere decir eso?

Ella se encogió de hombros.

–Nada. Después de todo, tú fuiste el que me dijo que Cefalonia era una isla preciosa.

–Pero, por lo visto, no lo suficiente para que te quedes y sigas casada conmigo.

Ella lo miró con incredulidad.

–¿Cómo... cómo te atreves a decirme eso? –dijo con voz temblorosa–. Cuando fuiste tú... tú...

–Tú sabías lo que era cuando me conociste

–dijo él mientras se quitaba el cinturón–. Nunca pretendí que pudiera dedicarte todo mi tiempo.

–¿Se supone que tengo que admirar tu sinceridad? –preguntó ella con amargura.

–Me habría conformado con que lo aceptaras.

Se quitó los pantalones y los dejó sobre una silla.

–¿Has olvidado todas las horas felices que pasamos juntos en esta habitación? ¿Tan imposible te resulta perdonar mi pecado?

De repente, ella se dio cuenta de que solo llevaba unos calzoncillos de seda. La garganta se le secó y dio un paso hacia atrás.

–No te vayas, Katharina *mou* –dijo él con voz seductora–. Quédate conmigo. Déjame que enmiende lo que te he hecho, que te demuestre lo que te necesito.

Se acercó a ella y la sujetó por los hombros.

En un instante de locura, Kate se encontró pensando en el tiempo que hacía que no lo tocaba, que no recorría su piel desnuda con las manos, con los labios...

Quería pasarle los dedos por los hombros y besarle el cuello. Estaba sedienta... deseosa de sentir su masculinidad irguiéndose con sus caricias.

Entonces, algo se encendió en su cerebro, recordó lo que le había hecho y se separó de él.

–No me toques –le dijo entre dientes–. ¡Oh, Dios! Debería haberme imaginado que no podía confiar en ti.

Algo brilló en los ojos de él.

–Te recuerdo, querida esposa, que esta es mi habitación. Has venido aquí por iniciativa propia, me has visto desnudarme –se encogió hombros–. Podía haberse interpretado como una señal.

–Pues piénsatelo bien. ¿Crees que un revolcón podría arreglar el daño en nuestra relación? ¿Sobre todo en este lugar? ¡Dios mío, cuánto te odio!

–Estoy empezando a creérmelo –dijo él con calma–. Confieso que un «revolcón» podría ser un comienzo. Pero ya veo que no hay esperanza –hizo una pausa–. Le diré a Soula que lleve todas tus cosas a tu habitación, así nunca tendrás que volver a entrar aquí –dio media vuelta–. Ahora, márchate.

Lo único que Kate quería era arrastrarse hasta su habitación y esconderse en una esquina oscura a lamerse las heridas.

Pero eso era imposible. Aunque se estaba muriendo por dentro, tenía que salvar su orgullo. Incluso si eso acababa con ella.

Se desnudó y se puso el biquini. Todavía perduraba el moreno que había adquirido durante el verano. Pero estaba muy delgada. Cuando se casó con Mick, su figura era bastante redondeada en los lugares adecuados; ahora, se le notaban todos los huesos.

Pero, incluso cuando estaba mejor, no se podía comparar con la voluptuosidad de Victorine. Y seguro que su comportamiento en la cama tampoco era comparable, pensó con amargura.

Estaba casada con un hombre apasionado con mucha experiencia, pero que no la amaba. Para él, el regalo de su amor nunca habría significado nada. Pero ella necesitaba darlo todo. No podía aceptar un matrimonio que no era más que una cortina humo, pasar por alto sus devaneos amorosos a cambio del prestigio de ser la señora Theodakis.

Sintió que las lágrimas se le agolpaban en los ojos e intentó contenerlas.

Quizá eso fuera lo habitual en los círculos en los que él se movía, pero nunca funcionaría con ella. Le importaba demasiado y todo el dinero del mundo no iba a hacerla cambiar de opinión.

Con un suspiro, salió a la plataforma y se tumbó a tomar el sol.

Había sido un día terrible, pero todavía no había acabado. Todavía quedaba la cena familiar.

Y Victorine...

Kate recordó la discusión con Mick la noche anterior a su partida. Había intentado convencerlo de que la llevara; pero él se había negado a aceptar. Esa noche, cuando intentó tomarla en brazos, ella le dio la espalda.

—Me duele la cabeza.

—Eso es una mentira y los dos lo sabemos. Pero será como tú quieras; no voy a suplicarte.

Cuando se despertó a la mañana siguiente, él se había ido.

—El señor nos dijo que no se sentía bien —le dijo Soula—. Nos pidió que no la molestáramos.

—Ha sido muy considerado.

Pero no se iba a engañar a ella misma. Era la primera vez que se separaban después de una discusión sin haber hecho las paces.

Se sintió como una estúpida por no haber manejado bien la situación.

Tenía que asegurarse de darle un bienvenida perfecta, lo cual no sería muy difícil si él la echaba de menos tanto con ella a él.

En cuanto llamara, se lo diría.

Pero la primera vez que llamó, ella había ido a visitar a Linda.

—Sentía mucho no haberte encontrado —le dijo Ari, y Kate decidió que para la próxima llamada no se alejaría mucho de la villa.

Pero su plan también fracasó porque, unos días más tarde, su suegro le informó de que Mick había llamado por la tarde.

—¿Por qué nadie fue a buscarme a la casa de la playa? —protestó ella—. Me he pasado el día allí.

—Fue muy breve —respondió el hombre con suavidad—. Y pensé que te habías marchado a Argostoli.

Kate vio la sonrisa viperina de Victorine y en seguida supo de dónde había partido la información equivocada.

A partir de entonces, llamó repetidas veces al piso de Nueva York, pero, como ya le había dicho que pasaría, nunca estaba allí.

Un día, Linda la invitó a que fuera con ella a Ítaca. Tenía que ir a recoger unas cerámicas y le aconsejó que la acompañara para olvidarse un poco de todo.

—Voy a ir a Ítaca con Linda —informó Kate a Ari durante el desayuno—. Volveré para la cena.

—Diviértete, *pedhi mou*. Yo también voy a salir, me voy de pesca con un amigo. ¿Estás segura de que no quieres venir con nosotros? —le dijo a Victorine.

Victorine fingió un escalofrío.

–No se me ocurre nada peor. Excepto, quizá, una excursión a Ítaca.

–Entonces es una suerte que no te hayamos invitado –respondió Kate, poniéndose de pie.

En el vestíbulo, Yannis la llamó.

–Una llamada para usted, señora.

¿Sería Mick?

–Kate, cariño, vamos a tener que cancelar la excursión a Ítaca. Tengo una jaqueca terrible.

–Lo siento, Linda. ¿Necesitas algo?

–No. Solo tomarme una pastilla y tumbarme en mi habitación a oscuras. Te llamaré cuando me encuentre mejor.

Kate pensó que ya que había decidido ir de excursión, utilizaría el día para visitar algunos de los lugares a los que había ido con Mick. Intentaría aclarar su mente.

La temporada alta de vacaciones estaba en pleno apogeo, por lo que evitó los lugares más turísticos y condujo hasta el parque nacional del monte Enos. Desde la cumbre, se podía ver la isla de Zakynthos elevándose majestuosamente sobre el azul turquesa del mar y, hacia el este, las montañas del Peloponeso.

El cielo era azul y limpio y todo estaba en silencio. No había voces, solo el suave murmullo de la brisa entre los árboles y el sonido de un avión aterrizando.

Se cubrió los ojos con la mano y siguió su estela. Entonces sintió a Mick cerca de ella.

–Michalis *mou* –suspiró con la voz rota.

En aquel momento supo, que fuera cuales fueran sus dificultades, ella haría todo lo que estuvie-

ra en sus manos para que su matrimonio funciona-
ra.

Mick nunca encajaría con la imagen del esposo
ideal. A pesar de su educación y su estilo cosmo-
polita, tenía un carácter demasiado fuerte para eso.
Pero ella caminaría sobre el fuego por él, y eso era
todo lo que importaba.

Tendrían que hacer algunos concesiones, por lo
dos lados, pero todo se solucionaría. A partir de
ese momento, se sintió más en paz, más esperanza-
da de lo que se había sentido en varias semanas.

Condujo con cuidado por la carretera principal
y se dirigió hacia el norte. Se dio un agradable paseo por la preciosa playa de Myrtos y después fue
a Assos a comer una mariscada. Después, se tomó
un café y decidió que, cuando volviera a la villa,
no pararía hasta que hablara con él y le dijera que
lo quería. Llamaría al piso, a la oficina... incluso a
su restaurante favorito. Pero lo encontraría.

O tomaría el primer vuelo a Nueva York para
decírselo en persona.

Le diré a Yannis que llame a la compañía aérea,
pensó con un repentino nerviosismo. Lo haré ahora
mismo.

Llamó desde el restaurante y, antes de que pudiera decirle a Yannis lo que quería, él se puso a
hablar atropelladamente.

–Señora, me alegro de que me haya llamado. El
señor ha vuelto. Llegó hace dos horas. Me preguntó por usted y le dije que se había ido a Ítaca.

–Estoy en Assos y ahora mismo voy para allá.
Por favor, no se lo digas, quiero darle una sorpresa.

–Entonces, vuelve ahora de Assos, pero no

quiere que le diga nada para darle una sorpresa –repitió el hombre sonriendo–. Entiendo. No diré nada.

Mientras conducía de vuelta a casa recordó el avión que había visto y lo cerca que lo había sentido. «Debo de haber presentido su presencia».

Corrió por el camino hacia la casa de la playa y, sin aliento, pero feliz, abrió la puerta de la habitación.

En un momento devastador, por delante de sus ojos cruzó el fin de su matrimonio y de su felicidad. La muerte de la fe y la confianza. La destrucción total de cualquier vestigio de esperanza que hubiera podido existir.

Pero ahora sabía, con una terrible certeza, que a pesar de lo que le había hecho, todavía lo amaba. Y hasta que no lograra dejar de amarlo, arrancarlo de su corazón y de su mente para siempre, sería incapaz de continuar viviendo.

Esa era la verdad a la que tenía que hacer frente.

Capítulo 10

KATE se rodeó con los brazos, intentando controlar el gemido involuntario de dolor que se le escapó de los labios al recordar la sonrisa burlona de Victorine aquella tarde.

Recordó a Mick tumbado en la cama desnudo, boca abajo, totalmente relajado después de la extenuación sexual, como si en silencio señalara la totalidad de su traición.

Por supuesto, se suponía que ella estaba en Ítaca, pensó Kate. Y Ari se había ido con su amigo de pesca. Debieron pensar que estaban a salvo, que era una oportunidad perfecta.

Y ¿cuántas veces antes de aquella?

Había tantas señales. Tantas muestras de lo estúpida e inocente que había sido.

Se mordió el labio. La tormenta del descubrimiento comenzaba a amainar. Ahora le quedaba la agonía de saber que su matrimonio solo había sido un pantomima para esconder la pasión de Mick por la mujer de su padre.

¿Acaso no tenía miedo de que su padre se enterara y de que esa pasión prohibida le robara su otra gran ambición: el imperio Theodakis?

Pero a Mick le gustaban los retos, en sus negocios y en la vida personal. Para él solo habría sido un riesgo justificado.

Como llevarla de vuelta allí...

Sintió la garganta seca y fue a buscar algo para beber.

En el frigorífico encontró una jarra de limonada, se llenó un vaso y añadió unos cubitos de hielo.

Acababa de dar un trago largo cuando oyó el sonido de pisadas y Victorine apareció por la puerta.

—Así que has vuelto —dijo con una voz metálica—. No me lo podía creer.

—No te preocupes —dijo Kate dejando el vaso sobre la encimera, consciente de que le temblaba el pulso—. Solo estoy de visita. Pronto me marcharé, para siempre.

—¿De qué tengo que preocuparme? Solo me sorprende que tengas tan poco orgullo.

—He venido por Ismene, nada más —levantó la barbilla—; pero mientras esté aquí, no quiero que vuelvas a poner los pies en esta casa. Michael y tú podéis buscaros otro lugar para seguir con vuestro sórdido romance. ¿Está claro?

Victorine se encogió de hombros con gracia.

—Como el agua, *chère*. No pasa nada, podemos esperar. La espera puede hacerlo aún más emocionante, ¿no crees?

—Seguro.

Victorine soltó una carcajada.

—Eres una mujer muy sensata. Nada de escenas ni de reproches. Puedes estar segura de que Michalis te pagará generosamente por tu discreción.

«No», pensó Kate. «Yo seré la que pague. Durante toda la vida».

–Márchate de aquí y, por favor, mantente alejada de mí. Porque si no, puedo cambiar de opinión
y contarlo todo.

Se dirigió hacia la ventana, dándole la espalda
deliberadamente. Enseguida, oyó el sonido de los
tacones de la otra mujer mientras se alejaba.

Y pensó: «¡Idiota! ¡Oh, Dios eres una idiota!».

Se dio un buen baño y se tumbó en la cama,
con las contraventanas cerradas, e intentó dormir
un poco. Quería dejar de pensar en lo mismo, una
y otra vez. Si no le hubiera hecho caso a Lisa y no
hubiera ido con ella esa noche al Zycos Regina...

Cuando consiguió quedarse dormida, la asalta-
ron sueños inquietantes que la dejaron tensa y más
nerviosa.

Pero tenía sus motivos porque todavía le quedaba la cena de familia.

Para la ocasión, se puso un conjunto de seda
azul zafiro y estaba cepillándose el pelo cuando
oyó un golpe en la puerta y Mick entró.

–No he dicho que pudieras pasar.

–Pero seguro que ibas a decirlo, *agapi mou*.

Sobre el tocador, dejó una caja de terciopelo y,
al lado, otra más pequeña con la marca de Tif-
fany's.

–Tu colgante. Me gustaría que te lo pusieras.

–¿Y esto?

–Unos pendientes a juego. Te los traje de Nueva York hace unas semanas, pero tú no estabas
aquí.

Kate se puso tensa.

—¿Otro intento de aliviar tu conciencia? —dijo ella mordaz.

Él permaneció en silencio un momento.

—¿Qué quieres oír? ¿Que no estoy muy orgulloso de mí mismo? Lo admito.

—Qué grandeza reconocerlo —dijo ella irónica—. Pero ya nada importa.

—A mí sí me importa —empujó la cajita hacia ella—. Por favor, abre tu regalo.

—Prefiero considerarlo un préstamo —tuvo que ahogar una exclamación al ver el par de gotas de fuego azul.

—Póntelos —le dijo él con suavidad.

Desde detrás, le sujetó su cabello, apartándoselo para que ella pudiera ponerse los pendientes.

—Preciosos —dijo él y se inclinó para depositar un beso en la curva entre el cuello y el hombro.

Ella sintió un escalofrío. Se miró a las manos, incapaz de enfrentarse a la oscura mirada de él a través del espejo.

—No... no me toques —pidió a media voz.

Él permaneció en silencio un momento y después se dirigió hacia la puerta.

—Es difícil olvidarse de las viejas costumbres. Y creo que eso se puede aplicar a los dos.

Un instante después, oyó la puerta cerrarse.

Pero cuando salió de la habitación, se lo encontró esperando por ella.

—Lo siento mucho —dijo con frialdad—. Pero quedará mejor si aparecemos juntos.

—No podemos olvidar las apariencias —comentó ella irónica.

–Por supuesto que no. ¿No es por eso por lo que estás aquí?

Para aquello no había respuesta, pensó ella con amargura, mientras caminaba a su lado entre los pinos.

La noche no fue tan terrible como pensaba.

Petros llegó con sus padres, a los que ella no conocía. Le cayeron bien inmediatamente y disfrutó charlando con ellos.

También estaba Linda.

Él único momento incómodo fue cuando Ismene reparó en los pendientes.

–¿Son un regalo de bienvenida? –preguntó sin aliento–. Vaya, debe de haberte echado mucho de menos –añadió entre risas–. Si yo fuera Katharina, me volvería a marchar una y otra vez. ¿Qué le regalarías entonces. ¿Un anillo con una piedra enorme?

Él estaba apoyado en el respaldo de la silla.

–Eso me lo guardo para cuando nazca nuestro primer hijo.

–¿Qué es esto? –gruñó Ari jovial–. ¿Tienes alguna noticia que darnos?

–No –respondió Kate, roja de la cabeza a los pies, deseando echar a correr–. Claro que no.

–Son los dos muy jóvenes –intervino el doctor Alessou–. Tienen mucho tiempo, Ari, amigo mío.

–Pero los tiempo cambian. Tengo una noticia que daros: en la próxima junta general voy a anunciar mi renuncia como presidente. Ya es hora que deje paso a la siguiente generación –inclinó su cabeza hacia Mick–. Dejo mis empresas en tus manos, hijo mío.

Todo el mundo se quedó en silencio.

—Pero, ¿en qué vas a ocupar tu tiempo, papá? —preguntó Ismene con los ojos muy abiertos.

Él sonrió cariñoso.

—Tengo mis planes. Mi amigo Basilis Ionides acaba de comprar una finca con viñedos. Vamos a dedicarnos a hacer vino. También me dedicaré a cuidar de los olivos, a ir de pesca y a sentarme al sol. Y a jugar con mis nietos —sonrió al doctor Alessou—. Quizá también encuentre tiempo para una partidita de ajedrez, ¿eh?, amigo mío.

Kate, que todavía estaba intentando recobrar la compostura, vio que Victorine estaba lívida. Obviamente, la noticia de Ari era nueva para ella. También vio la mirada que le dedicó a Mick.

Él ya tenía lo que quería. Y ahora la podía tener a ella también. Una vez que fuera el presidente, nada lo detendría.

Miró su alianza.

Ya nada de eso era asunto suyo; dentro de poco todo habría acabado.

Estaba abstraída en su propio mundo mientras a su alrededor los demás reían y charlaban. Entonces, sintió algo que le hizo levantar la cabeza.

Mick estaba mirándola desde el otro lado de la mesa. Su rostro mostraba tensión y preocupación.

«Oh, por favor, no te preocupes», le aseguró ella en silencio. «No pienso descubrirlo todo, y menos en este momento».

Le dio un sorbo a su copa de vino y se volvió hacia el doctor Alessou, todo un experto en la historia de la isla, para pedirle que le hablara de las fiestas.

La noche parecía interminable y Kate no encontraba el momento de marcharse. Especialmente cuando Yannis entró con una botella de champán.

–Una doble celebración –explicó Ari–. Mi retiro y tu vuelta, *pedhi mou*.

Kate le sonrió sintiéndose como Judas.

Cuando logró despedirse, Mick la siguió.

–Es nuestra primera noche aquí. Quedaría raro si no nos fuéramos juntos. Además, tenemos que hablar.

–No tenemos nada de qué hablar. Ya establecimos los términos para mi vuelta en Londres. Nada ha cambiado.

–En Londres estabas muy enfadada. He estado esperando... con la esperanza de que se te pasara un poco el enfado.

–Yo no estoy enfadada. Solo quiero continuar con mi vida –hizo una pausa y se rodeó con los brazos–. Después de todo, tú has conseguido lo que más deseabas.

–Si eso es lo que crees, entonces no has aprendido nada de nuestro matrimonio.

–Que ya se acabó.

Él la agarró del brazo, obligándola a girarse hacia él.

–No puedo creer que lo digas en serio, Kate. No, con el corazón.

–Afortunadamente, he empezado a utilizar mi

cabeza. Eso es algo que nuestro matrimonio me ha enseñado. Ahora, suéltame.

–Qué fácil es decirlo –dijo él con amargura–. Pero a lo mejor yo no estoy dispuesto a soltarte con tanta facilidad.

–Hemos hecho un trato –dijo ella con voz temblorosa.

–Katharina –dijo él suplicante–. Sé que lo que hice estuvo mal, ¿pero es mi error tan imperdonable? ¿No podríamos llegar a un acuerdo?

–Eso es imposible y tú lo sabes.

–Yo no sé nada. Excepto que por un acto estúpido, he destruido mi vida contigo.

–Yo fui la estúpida –dijo ella muy seria– al pensar que podría contentarme con la media vida que podías ofrecerme.

–*Agapi mou* –había verdadera angustia en su voz–. Créeme, nunca pensé que te pudiera hacer tanto daño.

«Claro que no», pensó ella. «Porque se suponía que nunca tenía que descubrirlo».

–Oh, Kate –dijo en un susurro–. ¿No podrías encontrar en tu corazón la manera de perdonarme? ¿De darme otra oportunidad? Podríamos volver a ser felices...

–No –dijo ella echando a andar de nuevo–. Ya no soy la estúpida con la que te casaste.

Él no le soltó el brazo y el contacto estaba atravesándole la piel, quemándola por dentro. Estaba viniéndose abajo; empezó a temblar.

Y pronto, demasiado pronto, iban a llegar a la casa, donde encontrarían la cama principal abierta, esperándolos.

Aquella habitación donde la luz de la luna se colaba por las persianas y se reflejaba en las baldosas del suelo.

Donde ella había oído susurrar su nombre en la oscuridad y le había abierto los brazos para darle la bienvenida.

Así había sido hacía pocas semanas. Y ya nunca podría volver a repetirse.

Esa era la única verdad.

—Yo también he cambiado, *agapi mou* —su suavidad la alcanzó de pleno—. Seguro que puede haber algo, una forma para que nos volvamos a encontrar.

—Dijiste que no harías esto —lo acusó ella—. Oh, Dios mío. ¿Por qué volví a este lugar ¿Por qué confié en ti?

—¿De verdad creías que iba a dejar que te marcharas sin más? —Mick la siguió al salón—. Además, todo lo que dije fue que te dejaría dormir sola, no que no lucharía para que volvieras.

—Pues la batalla ha terminado y tú has perdido.

—¿Estás segura? —preguntó él con calma. Sus ojos la recorrieron, registrado sus ojos abiertos, los labios trémulos y la respiración entrecortada.

Se dirigió hacia ella.

Ella dio un paso hacia atrás; pero topó con la pared.

Despacio y deliberadamente, él apoyó las manos en la pared, dejándola atrapada entre sus brazos; pero sin tocarla.

Por encima de su hombro, ella podía ver la puerta abierta del dormitorio. Se habían llevado todas las flores, pero el aroma todavía permanecía en el aire, dulce y embriagador.

–Déjame resarcirte por el pasado.

–¿Qué sugieres? ¿Que lo resolvamos con sexo?

Él se encogió de hombros.

–Podría ser el principio, aunque preferiría que hiciéramos el amor.

–Llámalo como quieras. Ahora, déjame que me vaya.

–No pelees más conmigo, Kate. Sabes que puedo hacer que me desees.

–Ya no –se cruzó de brazos en actitud defensiva–. Escúchame, Michael. Me hicieras lo que mi hicieras, lo llamaras como lo llamaras, sería una violación. Y seguro que no quieres tener eso sobre tu conciencia.

Él echó la cabeza hacia atrás como si lo hubiera golpeado.

–Kate... no puedes... ¿no lo dirás en serio? ¡Por el amor de Dios, eres mi mujer!

–Solo ante la ley –dijo ella–. E incluso eso cambiará pronto. Ahora deja que me vaya.

Hubo un largo silencio.

Después, él se incorporó y dejó caer los brazos a ambos lados, pero ella no se movió.

–¿Y ahora a qué esperas? ¿A que te dé las buenas noches o quizá... a esto?

De repente, Kate se encontró entre sus brazos, con sus labios temblorosos aprisionados entre los de él. El primer signo de protesta fue acallado por la presión de su boca. Después, muy a su pesar, su cuerpo hambriento empezó a despertar a la pasión.

El aroma tan familiar de su cuerpo le embriagó los sentidos y la cabeza empezó a darle vueltas. Sintió que se iba a desmayar.

Pero ya nada importaba, solo la necesidad urgente y agonizante de sentir su fuerza abrasadora dentro de ella.

Se apretó contra él.

Más tarde se avergonzaría, se odiaría. Pero eso sería más tarde.

Esperó a que él la tomara en brazos y la llevara a la habitación; pero él no hizo nada de eso.

Se separó de ella y la miró a los ojos.

—Buenas noches. Que tengas dulces sueños.

Ella lo vio alejarse hacia su habitación y oyó la puerta cerrarse a sus espaldas.

Capítulo 11

PASÓ mucho tiempo antes de que se pudiera mover. Antes de encontrar la fuerza para recorrer, un poco tambaleante, la distancia que la separaba de su dormitorio.

Cerró la puerta con cuidado y se dirigió hacia la cama.

¿Por qué no se había alejado de él cuando tuvo la oportunidad? ¿Qué la había inducido a quedarse?

Era una locura y, por muy duro que le resultara reconocerlo, ella era la única culpable de lo que había sucedido.

El más leve roce por su parte, y ya estaba perdida. Ni el dolor, ni la amargura, ni la furia habían logrado que dejara de desearlo y eso era algo con lo que tendría que vivir el resto de su vida.

Pero lo peor de todo era que Mick sabía que en su interior se desarrollaba un batalla.

Él había recalcado su debilidad con brutalidad, dejándola sin un lugar donde ocultarse. Y lo había hecho a propósito.

De alguna manera, ella tenía que sobrevivir a la desesperación y a la humillación de la verdad y continuar.

Aunque ahora lo único que deseaba era huir.

Pero eso no la llevaría a ninguna parte. No había ningún lugar al que pudiera escapar porque una cadena invisible la unía a él. Y ni el tiempo ni la distancia podrían cambiar ese hecho.

Lloró un buen rato. Después, cuando no le quedaron más lágrimas, se sentó sobre la cama. Se quitó los pendientes y el colgante y los guardó, después se desvistió y se metió en la cama.

Ella sabía desde el principio que venían de mundos diferentes. Pero nunca se imaginó que estuvieran a tantos años luz de distancia.

¿Cómo podía considerar su abominable traición con tanta ligereza?, se preguntó sin fuerzas. A menos que pensara que era tan poderoso que podía ignorar las reglas normales de la moralidad.

¿Realmente había esperado que ella se encogiera de hombros y volviera con él cuando le pidió perdón?

No consiguió quedarse dormida hasta bien entrada la noche. Por eso, por la mañana, cuando los rayos de sol la despertaron, no le apeteció levantarse.

Quería quedarse allí y esconderse bajo las sábanas. Incluso podría fingir alguna enfermedad.

Pero Ismene quería hablar con ella de los preparativos de la boda y había prometido a Linda que comería con ella.

La vida continuaba y ella no podía eludirla.

Se duchó y se puso un sencillo traje blanco. Se aplicó corrector para ocultar la ojeras y colorete para darle un poco de vida a las mejillas.

Al salir de la habitación, oyó actividad en la cocina y una mujer cantando en griego.

En la terraza, había una mesa preparada con el desayuno y Mick estaba sentado mirando unos papeles.

Llevaba pantalones cortos y una camisa de algodón, totalmente desabrochada. Tenía el pelo húmedo lo que indicaba que había estado nadando.

Kate hizo una pausa.

Él la miró. Su mirada era fría sin rastro de la burla que ella había esperado encontrar.

–*Kalimera* –le dijo él y le dio una campanilla de plata que había sobre la mesa–. Si llamas, María te traerá café y panecillos recién hechos.

–¿Es ella la que está en la cocina?

–Sí. He traído a uno de los criados para que cuide de nosotros. He pensado que lo mejor sería liberarte de todos tus deberes de esposa.

–Entiendo.

–Y para las noches, cuando María no esté, he pedido que pongan un cerrojo en tu cuarto. Pos si acaso, mis instintos animales me dominan.

–Por favor, no...

–¿Por qué no? Solo estoy intentando simplificar las cosas. Hacer que tu estancia aquí sea lo menos complicada posible. Pensé que estarías agradecida.

–Eres muy considerado.

–Gracias –respondió él con una mueca–. Quizá, por lo menos, aún podamos mantener las formalidades. Ahora llama para que te traigan el desayuno –dijo, levantándose de la mesa–. No me quedaré para no quitarte el apetito.

No tenía hambre, pero se obligó a comer un poco.

Quizá tuviera el alma enferma, pero no había ningún motivo para enfermar también físicamente.

–Parece que Michalis no te ha dejado dormir

mucho esta noche –fue el saludo exuberante de Ismene cuando Kate se unió a ella en la villa–. La vida es estupenda, ¿verdad?

–Sí –respondió ella, cruzando los dedos por la mentira.

Era un alivio escapar de sus propios problemas y meterse de lleno en los planes alegres de Ismene para la boda.

Para su sorpresa, la boda no iba a ser un acontecimiento internacional con ricos y famosos. A parte de todos los familiares, solo irían los amigos más allegados.

La mayoría de los preparativos ya se habían llevado a cabo, sobre todo, gracias a Linda. Su tarea principal consistiría en la distribución de las habitaciones en la villa y la reserva de habitaciones en los hoteles.

Como había sospechado, la única contribución de Victorine fue una serie de comentarios sarcásticos sobre el matrimonio con alguien de menos categoría que ella.

–Pero le dije que no era su problema. Que ella no podía caer más bajo.

Kate evitó una carcajada.

–¡Ismene!, podrías meterte en líos.

–Lo sé. Mi padre se mostró serio conmigo; pero no enfadado. Creo que esta empezando a cansarse de ella.

Quizá, al final, todos fueran a conseguir lo que querían sin ningún escándalo ni ruptura explosiva entre Mick y su padre.

Si Ari ya no quería a Victorine, no le importaría mucho si se unía su hijo. Parecía que tanto el hijo como el padre compartían la misma idea cínica sobre las mujeres: unos bienes con los que se podía comerciar.

Cuando llegó a casa de Linda, está le indicó que comerían en el jardín.

–Tenemos que aprovechar el buen tiempo –añadió mirando al cielo–. Pronto va a cambiar.

En ese momento, entró la sirvienta con la ensalada y la carne.

–Bien –le dijo Linda cuando se volvieron a quedar solas–. ¿Cuál es el problema?

Kate se limpió con la servilleta.

–No sé de qué me estás hablando.

Linda suspiró.

–Cariño, ¿a quién pretendes engañar? No tienes el aspecto de una mujer que acaba de reunirse con su hombre. Y Mick parece estar viviendo en tensión.

Kate clavó en cuchillo en la carne.

–No puedo decírtelo. Todavía no.

Linda suspiró preocupada.

–Eso suena muy mal. Tengo que confesarte que cuando te trajo de vuelta pensé que habíais resuelto vuestras diferencias. Los dos tenéis personalidades muy fuertes. Pero así también eran Ari y Regina y ellos lograron solucionar sus problemas. Pensé que seríais iguales.

Kate le sonrió.

–Depende de la tormenta –se sirvió un poco más de ensalada–. Está deliciosa. ¿Qué especias le ha puesto Hara?

Linda captó la indirecta y la conversación giró en torno a la comida primero y en torno a la boda después.

Estaban tomando un café cuando Ari apareció por la puerta.

–Vaya. Perdóname, Linda. No pensé que tuvieras visita. Debería haber llamado primero y no dar por sentado que me recibirías.

–Los viejos amigos nunca molestan –le aseguró Linda con la cara un poco sonrojada–. Siéntate, Ari, y tómate un café con nosotras.

–No, no. Solo pasaba por aquí y pensé... –parecía un poco torpe–. Los viñedos que mencioné ayer. Voy para allá ahora y pensé que a lo mejor querías venir conmigo. Pero ya veo que no puede ser. En otra ocasión tal vez.

–Claro que puede ser –dijo Kate con firmeza, intentando ocultar su sorpresa. Echó la silla para atrás y se levantó–. Yo me iba ahora mismo. Tengo un montón de cosas que hacer.

Linda la acompañó al coche.

–¿Desde cuando estáis saliendo? –le preguntó a Linda.

El color de la mujer se acentuó.

–No estamos saliendo –respondió con dignidad–. Como ya he dicho, solo somos viejos amigos. Y pasó por aquí en un par de ocasiones mientras estabas fuera para pedirme mi opinión sobre Ismene, eso es todo.

Kate la besó en la mejilla.

–Y ahora quiere pedirte tu opinión sobre los viñedos. Muy bien.

Mientras conducía de vuelta a casa iba sonriendo. Quizá, después de todo, de todo aquel lío fuera a salir algo bueno.

Aunque aquello también significara que Mick tendría total libertad para reclamar a Victorine para él, pensó, mientras un suspiro se escapaba de sus labios.

La boda se acercaba y a Kate le quedaba poco tiempo para pensar en sí misma. Sin embargo, aunque durante el día estaba muy ocupada, por las noches era otra cosa. Tras la puerta cerrada con llave, daba vueltas y más vueltas, buscando en vano paz y sosiego.

No le resultaba nada fácil compartir la casa de la playa con Mick, aunque su comportamiento estaba resultando ejemplar. Estaba trabajando duro y, con frecuencia, estaba de viaje. Cuando estaba en casa, la trataba con una fría cortesía.

El tiempo ya había cambiado y había empezado a llover. Sin sus escapadas a la playa, Kate empezó a sentir claustrofobia, especialmente, cuando el nerviosismo por la cercanía de la boda empezó a crear tensión en la villa.

Un día fue a Atenas de compras con Ismene, pero no logró encontrar nada que la satisficiera. De todas formas tenía un vestido verde mar reservado que podía ponerse para la ocasión.

—Se ha probado todos los vestidos de Atenas —informó Ismene durante la cena—. Y no se ha comprado nada. ¿Qué opinas de eso, Michalis?

—Por una vez, mis oraciones han sido escuchadas. De todas formas, tengo mis propias ideas sobre lo que Kate debería llevar a tu boda, *pedhi mou*.

Ismene se volvió hacia Kate.

—¡Vaya, vaya ,vaya! ¿Qué crees que ha planeado?

—Quién sabe. Tu hermano es muy bueno para las sorpresas... y los secretos.

Su mirada se enfrentó a su reto silencioso.

Él dijo con suavidad:

—Por eso, te haré esperar hasta el mismo día.

El día antes de la boda, las nubes desaparecieron y un sol suave brilló en el cielo.

Dentro de veinticuatro horas, todo habrá acabado, pensó Kate taciturna. «Ismene se convertirá en esposa y yo dejaré de serlo».

La mañana de la boda llegó un peluquero para atender a la novia. Kate declinó sus servicios; había decidido llevar el pelo suelto con unas rosas, en lugar de sombrero.

Todavía no sabía qué vestido le habría comprado Mick. Durante sus breves encuentros no habían vuelto a hablar del tema.

Se dio un baño aromático, se aplicó su loción corporal favorita y se puso ropa interior de seda y encaje de color marfil.

Cuando salió del baño, se quedó totalmente sorprendida.

Sobre la cama había un vestido de seda color crema, cortado al bies.

¡Era su propio vestido de novia!

¿Por qué querría hacerle tanto daño? ¿Por qué llevarle semejante recordatorio de los buenos tiempos cuando los dos sabían que su matrimonio se había terminado?

Se puso una bata, agarró el vestido y se dirigió como un huracán hacia la habitación de él. Llamó a la puerta y, cuando él le dio permiso, entró.

Estaba de pie frente al espejo del armario, colocándose la corbata y al verla entrar se giró hacia ella con las cejas enarcadas.

–¿Tienes algún problema? ¿Necesitas que te ayude con la cremallera?

–Ningún problema. Solo he venido a traerte esto –contestó ella con la barbilla en alto–. No me lo voy a poner.

Él se giró de nuevo hacia el espejo para acabarse de ajustar el nudo de la corbata.

–Nadie de mi familia estuvo en nuestra boda, así que nunca te han visto con ese vestido y no han podido ver lo hermosa que estás con él. Además, anoche les conté lo que estaba planeando y a todos les pareció muy romántico.

–Nunca pensé que pudieras ser tan cruel. ¿Acaso mis sentimientos no cuentan?

–¿Acaso tuviste tú en cuenta los míos cuando te marchaste? –le soltó él–. ¿Sin darme la oportunidad de pedirte perdón, de darte una explicación?

–No hay explicación posible para lo que hiciste. Hubiese sido mucho más honesto haber aceptado tu responsabilidad y haber dicho la verdad. Pero, claro, eso habría estropeado tu principal objetivo.

–Ahora nos estamos preparando para la boda de mi hermana. Mis objetivos los podemos discutir en otro momento. Ve a vestirte. A menos que quieras que te vista yo...

Ella le lanzó una mirada fulminante. Después, se volvió y se marchó a su habitación, intentando no correr.

Cerró la puerta y se apoyó contra ella. Aunque se encerrara y se negara a ir a la boda, no iba a conseguir nada. Porque ningún cerrojo era lo suficientemente fuerte para mantenerlo alejado si él no quería.

–¡Maldito sea! –exclamó furiosa.

Capítulo 12

ESE día, Kate aprendió a sonreír sin ganas. A sonreír a los tíos y a los primos que la saludaban y le daban una calurosa bienvenida a la familia.

A sonreír a Ari cuando le dijo con dulzura:

—Qué guapa, *pedhi mou*, de nuevo de novia. Sin lugar a dudas, tu marido es un hombre afortunado.

A sonreír mientras estaba al lado de Mick en la pequeña capilla llenas de flores y de velas y él la agarró de la mano. Y la mujeres de las dos familias suspiraron románticas porque pensaron que era un gesto de amor y que él estaba recordando su propia boda. Porque ellas no sabían la verdad: que todo era una farsa.

Y a sonreír con emoción sincera a Ismene cuando esta apareció, entre ovaciones y suspiros, con su traje brillante y el velo flotando a su alrededor, para unirse a su novio en el altar.

Fue una ceremonia preciosa. A Ismene le tembló la voz al decir el «sí quiero» mientras Petros la miraba como si fuera una diosa.

Kate tuvo que hacer un esfuerzo para no llorar.

Después de la ceremonia, los músicos acompañaron a Ismene y a Petros a la plaza. Allí habían preparado unas mesas largas con fuentes de pescado y de carne, de ensalada y pan recién hecho. También había jarras de vino y refrescos. Parecía que todo el pueblo estaba invitado y el ambiente reinante era festivo.

Mick se llevó a Kate a la mesa presidencial, donde ya estaban sentados los novios.

Victorine no había asistido a la ceremonia en la iglesia, pero ya estaba por allí con un vestido amarillo fuerte y un sombrero extravagante del mismo color, buscando un sitio para sentarse.

Kate se paró en seco.

–Por favor... preferiría sentarme en otro sitio.

–Tú eres mi esposa y te sentarás en el lugar que te corresponde– le dijo él con calma.

Ari se acercó a ellos.

–Bueno, hijo. ¿Ya le has pedido perdón a Katharina por haberla defraudado?

Kate pensó que se iba a desmayar.

–¿Qué... qué has dicho?

Pero él se volvió hacia Mick.

–Tu boda debería haber sido como esta. No en un frío juzgado en Londres. Pero se me ha ocurrido que podríamos pedirle al sacerdote que bendijera vuestro matrimonio, en la iglesia, con todos nosotros delante. ¿No te gustaría eso, Kate?

Ella murmuró algo a media voz y se marchó con Mick. Lo miró de reojo y vio que su cara estaba seria.

–Por favor, no podemos continuar con esto. Tienes que decir algo.

–Y lo haré –dijo él con brusquedad.

Kate encontró un asiento vacío entre el doctor

Alessou y una tía abuela, que tenía una mirada muy fría.

Aplaudió a Petros y a Ismene, que repartieron cestas de almendras garrapiñadas entre los invitados y no miró ni una sola vez hacia Mick, que se había sentado en el otro extremo de la mesa, con Victorine a su lado.

¿Significaría aquello una declaración pública?, se preguntó ella.

Fue un alivio cuando el baile comenzó y pudo centrarse en algo.

Primero, hubo una demostración de bailes tradicionales griegos y, después, los bailarines fueron recogiendo a la gente de las mesas para hacer una gran cadena.

Una mujer vestida de rojo la agarró de la mano para que se levantara.

Al principio, Kate se sintió torpe al intentar seguir los complicados pasos que se repetían una y otra vez. Pero las mujeres que tenía a ambos lados la animaban constantemente y, después de un rato, fue captando el ritmo, cada vez con más confianza.

Cuando la cadena volvió a pasar por delante de la mesa principal, vio a Ari dando palmadas entusiasmado, a Petros e Ismene sonriéndole encantados, a Mick con una expresión indescifrable y a su compañera con una máscara de odio en su preciosa cara.

«Al diablo con ella», pensó Kate apasionada. «Al diablo con los dos».

El sol le daba en la cara y el ritmo de la música le había calado hasta el corazón. Muy a su pesar, la alegría del momento la cautivó.

El ritmo cambió y se encontró bailando con un hombre del pueblo, unida a él por un pañuelo.

Cuando hubo una pausa, ella se disculpó con una sonrisa.

Se hundió en su asiento y agradeció el agua que el doctor Alessou le sirvió.

—¿Por qué bailó conmigo con un pañuelo, los demás se dan la mano?

El doctor le dedicó una sonrisa.

—Porque todavía eres una recién casada y el único que puede tocarte la mano es tu marido.

Al anochecer, los invitados volvieron a la villa para una fiesta más íntima.

Habían despejado el salón para que la gente pudiera bailar y en el comedor habían servido más comida.

Petros e Ismene abrieron el baile. Se sirvió champán a todos los invitados y Ari dio un pequeño discurso de bienvenida a Petros. Después, los novios partieron a su luna de miel.

Kate estaba un poco apartada del grupo que salió a despedirlos y se preguntó si ella también podría escaparse.

La música volvió a sonar y la gente volvió al salón para continuar con el baile. Kate entró detrás de ellos haciendo sus propios planes.

Saldría a la terraza como si necesitara tomar el aire y después se marcharía hacia la casa de la playa. Allí haría la maleta y se marcharía a primera hora de la mañana. Mick quedaría libre para hacer lo que quisiera y ella no tendría que ser testigo de nada.

Se dirigió hacia la terraza, mirando hacia el

suelo para evitar mirar a nadie. Intentando pasar desapercibida. Pero en su camino se topó con alguien.

Levantó al cabeza y vio a Mick mirándola con seriedad.

–Ven a bailar conmigo.

–Lo siento, pero no.

–No. Has bailado con todo el mundo. Ahora me toca a mí.

La tomó de la mano y la llevó al centro del salón.

Al principió, Kate estuvo tensa, pensando que estaban yendo demasiado lejos con aquella farsa.

Pero, después, sintió el contacto de su mejilla contra el pelo y la suave caricia de sus labios en la sien.

El corazón le empezó a latir a toda velocidad. Sintió que la sangre le subía a las mejillas y que los pezones se endurecían por la necesidad que iba creciendo en ella.

Como si estuviera respondiendo a una señal secreta, Mick la apretó más fuerte.

Kate capituló con un suspiro y le rodeó el cuello con los brazos, escondiendo la cara en el hueco de su cuello.

En ese momento nada le importaba, solo que ella era su mujer y seguiría siéndolo para toda la eternidad. No podía pensar en nada, recordar nada, solo sentir su cuerpo pegado al de ella y la caricia de sus labios en su pelo.

No se dio cuenta de que la música había cesado. Pero el estruendo de los aplausos que siguió a continuación la devolvieron a la realidad: estaba en el medio del salón en brazos de Mick y la gente alrededor de ellos les aplaudía.

Su cara enrojeció horrorizada y quiso salir corriendo, pero Mick se lo impidió.

–Sonríe, *agapi mou* –le murmuró al oído.

–No te detienes ante nada, ¿verdad? –murmuró ella entre dientes mientras obedecía.

–Ante pocas cosas, desde luego –la volvió hacia él y le dio un beso fuerte y posesivo en la boca–. Esta tontería se ha acabado y esta noche tú vuelves a mi cama, donde perteneces.

La soltó y ella se alejó de él, intentando no correr.

La fiesta duró hasta el amanecer y los últimos invitados empezaron a abandonar el salón.

Kate vio a Mick meterse en el estudio con su padre, riendo, y emitió un suspiro. Nunca tendría una oportunidad mejor.

Se escabulló de la casa y se dirigió a la casa de la playa.

Cuando llegó a su habitación, se quitó los diamantes y los puso en sus cajas. Después, se quitó el vestido de novia y lo colgó en el armario.

Agarró su bolsa de viaje pequeña y empezó a guardar sus cosas.

No tenía el pasaporte, pensó con desmayo. Lo tenía Mick. Recordaba que se lo había metido en el bolsillo de la chaqueta que llevaba el día que llegaron.

«Dios mío, que todavía esté ahí. Que no lo haya guardado».

Se puso una bata y se dirigió descalza hacia la

habitación de él, intentando recordar la chaqueta que llevaba. Bueno, tendría que buscar en todas, pensó con un suspiro. Para empezar por la que estaba sobre el respaldo de la silla.

—¿Estás ordenando mis cosas? —preguntó él desde la puerta y ella dio un respingo.

Entró en la habitación y cerró la puerta tras de él. Llevaba la chaqueta sobre un hombro y el nudo de al corbata deshecho. Y estaba sonriendo.

—Así que por fin has venido.

—No —respondió ella—. He venido a buscar algo.

—Y yo también —dijo él, dejando la chaqueta y la corbata en una silla. Después, comenzó a desabrocharse la camisa.

—¿Qué estás haciendo? —preguntó ella con voz chillona.

—Me estoy quitando la ropa. Después, te quitaré la tuya.

Kate dio un paso hacia atrás.

—No te acerques a mí —dijo con la voz ronca.

—Eso es imposible, *pedhi mou* —dijo él tirando la camisa al suelo y siguiendo con los pantalones—. Porque para lo que tengo en mente tenemos que estar muy cerca.

—No; no lo voy a permitir.

Él dejó escapar un suspiro.

—Kate, hemos sido amantes durante seis meses y te conozco tan bien como tú a mí. Y sé que mientras estábamos bailando me deseabas.

—No —intentó sonar fiera, pero su negativa se pareció más a una súplica—. No puedes hacer esto.

—Debo hacerlo —dijo él con dulzura—. Porque sin ti me estoy muriendo. Necesito que me cures.

La tomó en sus brazos y el calor de su cuerpo desnudo le atravesó la bata.

—Por favor, no luches más, Kate. Estoy tan cansado de pelearme contigo...

Después, la besó.

Sus labios eran la seducción misma, moviéndose cálida y persuasivamente sobre los de ella, apremiándola a que lo aceptara. Mientras, con las manos le deslizó la bata por los hombros. Ella cerró los ojos, rendida, permitiéndole el acceso a la dulce humedad de su boca.

Entonces, él la tomó en brazos y la llevó a la cama y con sus dedos largos comenzó a redescubrirla.

Cuando volvió a besarla, ella respondió ardientemente.

Apretó sus pezones duros contra el pecho de él y lo buscó con las manos.

A cambio, ella sintió la caricia entre sus muslos y se oyó gemir de placer.

Él se tumbó y la puso encima de él.

—Tómame, *agapi mou.*

Ella lo poseyó despacio. Su cuerpo se cerró en torno a él como los pétalos de una flor. Él permaneció quieto observándola, conteniendo el aliento mientras con sus manos recorría todo su cuerpo.

Ella empezó a moverse despacio, saboreando cada sensación; después, aumentó el ritmo y sintió que la respiración de él se agitaba. Ella lo controlaba. Como la luna al océano. Utilizando su cuerpo como un instrumento de placer.

Después, antes de que pudiera imaginárselo, perdió todo el control y su cuerpos unidos se movieron de manera frenética buscando la consumación.

Lo oyó susurrar su nombre y ella le respondió en silencio mientras juntos alcanzaban el clímax.

Después, él se durmió en sus brazos y ella lo observó con los ojos inundados de lágrimas.

Al rato, lentamente, centímetro a centímetro, se soltó de él y salió de la cama.

Buscó su pasaporte en el armario y, cuando lo encontró, dirigió una última mirada a Mick.

«Adiós, amor mío».

Volvió a su habitación en silencio.

Se duchó, se vistió y recogió las cosas que pensaba llevarse.

La casa todavía estaba en silencio y no había ninguna señal de María. Lo más probable era que todos durmieran hasta tarde.

Salió de la casa con cuidado y se encontró a Mick de pie junto a la ventana.

Ella se paró sobresaltada.

–Pensé que estabas durmiendo.

–Te eché de menos a mi lado y me desperté.

Miró su maleta y torció la boca.

–¿Pensabas volver a dejarme, Katharina? ¿Me pregunto qué habrías dicho esta vez?

–Lo mismo que la anterior. Que nuestro matrimonio fue un error y que no puedo quedarme contigo.

–Tampoco puedes irte –le dijo él–. Porque ahora puedes llevar a mi hijo dentro.

Ella lo miró fijamente.

–¿Ahora quieres un hijo? ¿Tú que siempre te negaste a considerarlo siquiera? –hizo una pausa–.

Ya entiendo. Me imagino que mi sustituta no quiere quedarse embarazada. No quiere estropear su preciosa figura. Así que, decidiste usarme a mí —dijo con una risa histérica—. ¡Dios mío! Nunca me lo habría imaginado.

—Estás hablando como una loca —dijo él impaciente—. ¿De qué sustituta me estás hablando, por el amor de Dios? —sin esperar una respuesta continuó—: Si quieres saber por qué dudé tanto si tener un hijo fue por miedo.

—¿Miedo tú? —preguntó ella incrédula.

—Sí. Miedo a perderte como perdí a mi madre. Si ella no hubiera tenido hijos, hoy podría estar viva, pero el esfuerzo de los partos debilitó su corazón.

—Prefiero mi versión. Que quieres un hijo y sabes que Victorine no te dará uno.

—¿Victorine? —repitió él—. ¿Qué tiene que ver ella en todo esto?

—Es tu amante —dijo ella por fin—. Y la harás tu esposa en cuanto te deshagas de mí.

—Por el amor de Dios. ¿Por qué iba yo a casarme con Victorine? Una vez tuvimos una relación, es cierto; pero eso acabó hace mucho.

—Eso no es verdad. Porque yo te vi con ella. El día que volviste de los Estados Unidos. Cuando pensabas que estaba en Ítaca. Os encontré juntos. Es nuestra habitación. En nuestra cama... —no pudo continuar.

Él la miró fijamente.

—¿Nos viste haciendo el amor?

—No —respondió Kate—. Fue después, pero tuvo el mismo efecto. Estabas dormido sobre la cama, totalmente desnudo y ella estaba en el tocador con solo una toalla por encima –su voz tembló–. Me... me sugirió que la siguiente vez llamara a la puerta.

Él se quedó muy quieto.

–Con esa prueba, lo mejor será que yo me vaya con Victorine.

–No creo que ella quiera irse contigo.

–¿No? –su sonrisa le heló la sangre–. Veamos.

La agarró de la muñeca y la condujo hasta la villa.

–Suéltame. ¿Adónde me llevas?

–Vamos a la villa –le dijo–. A preguntarle a ella.

Capítulo 13

MICK, no puedes hacer esto –dijo Kate, dando un tropezón–. Arruinarás tu vida. Lo perderás todo.

–Hablas como si eso importara mucho. Hay cosas más importantes.

–Pero piensa en cómo afectará esto a tu padre. Aunque te la quitara, no se merece esta humillación.

–En eso no estoy de acuerdo. Si un hombre hace lo que has dicho, se merece todo lo que le pase. Me imagino que aún estarán en sus habitaciones.

–Por favor, Mick. Piénsatelo.

–¿Qué es lo que me tengo que pensar? –dijo mirándola con ojos abrasadores–. Según tú, mi pasión por Victorine ha corrompido mi mente... mi sentido del honor. Por lo tanto, ya no tengo que considerar las consecuencias de mis actos.

–En ese caso, prefiero no estar presente.

–Pero tienes que estar. En este momento todas tus razones para dejarme serán confirmadas y verás que tenías toda la razón al considerarme un adúltero.

Kate lo siguió porque no tenía otra alternativa.

Estaba temblando cuando él llamó con firmeza a la puerta y oyó a su padre darles permiso.

Ari estaba en pijama y batín en el sofá del salón, leyendo el periódico.

Dejó a un lado el diario y los estudió con el ceño fruncido.

—¿No creéis que es un poco temprano para una visita?

—Se trata de algo que no puede esperar. Tengo que hablar con Victorine urgentemente.

—Está durmiendo. Quizá yo pueda darle el mensaje, a una hora más razonable.

—No —respondió Mick—. Tengo que hablar con ella. Resulta que hemos tenido un apasionado romance a tus espaldas, ¿entiendes? Y he decidido pedirle que se escape conmigo.

Kate hundió la cara entre las manos, sintiéndose enferma. Esperó una explosión, pero esta no llegó.

En lugar de eso, Ari dijo muy serio:

—Ya veo que este asunto no puede esperar. Iré a buscarla.

Se levantó y entró en el dormitorio. A los pocos minutos, Victorine apareció por la puerta. Llevaba un salto de cama negro a juego del camisón.

Su pelo estaba alborotado y Kate notó, con placer, que tenía ojeras.

—¿Qué pasa, *cher*? —se sentó en el sofá, con elegancia—. Ari me ha dicho que querías verme.

—Más que cualquier otra cosa en el mundo. He destrozado mi matrimonio por ti, Y ahora estoy aquí para poner fin a esta pasión oculta y admitir nuestro amor abiertamente.

Victorine se puso tensa.

—¿De qué estas hablando? ¿Te has vuelto loco?

—He decidido que lo único que importa es nuestro amor —dijo, encogiéndose de hombros—. Por supuesto, tendré que renunciar a las empresas de la familia; pero eso me dará más tiempo para estar contigo, mi querida Victorine. Afortunadamente, tu trabajo podrá mantener nuestro nivel de vida. Así que prepara las maletas.

—Estás loco —dijo ella—. O borracho. ¿Qué tontería es esta?

—Ninguna tontería. ¿Has olvidado que Kate nos sorprendió después de hacer el amor? Realmente, creo que deberías habérmelo mencionado. Eso explica muchas cosas.

Victorine miró a Kate con una expresión horrible.

—Está mintiendo. Está intentando crearme problemas —se volvió hacia Ari, que estaba a su lado con la cara inexpresiva—. *Cher*, ¿no te creerás esta ridícula historia?

—Tú estabas en nuestra habitación —dijo Kate con firmeza—. Mick estaba dormido y tú estabas peinándote en el tocador. Tenías una toalla y nada más. Y me dijiste que la próxima vez llamara.

—¡No! —negó Victorine, subiendo el tono—. Nada de eso es cierto. Estás inventándotelo para desacreditarme a los ojos de Ari. Pero no funcionará.

—¿Me estás diciendo que lo has olvidado todo? —preguntó Mick—. ¿La pasión que compartimos? ¿Las promesas que nos hicimos?

Victorine lo miró fijamente.

—Estoy diciendo que eso no sucedió.

–Fue el día que Mick volvió de Nueva York –continuó Kate con una inmensa calma–. Se suponía que me había ido a Ítaca y tú –dijo mirando a Ari– habías ido a pescar con un amigo. Pero Linda canceló la cita y, cuando llamé a casa, Yannis me dijo que Mick había vuelto. Así que fui corriendo a la casa de la playa para reunirme con él. Lo peor fue que también la encontré a ella.

–Una traición terrible –dijo Ari meditativo–. Nos han engañado a los dos, Katharina –hizo una pausa–. ¿Ese fue el motivo por el que te marcharte a Inglaterra.

–Sí –respondió ella, mordiéndose el labio.

–¿Sin contarle a nadie lo que habías visto, ni pedirle a mi hijo una explicación?

–No podía decir nada, era demasiado doloroso. Y no había ningún motivo para que nadie más sufriera –añadió con dificultad–. Además, estaba muy claro, lo había visto con mis propios ojos.

–Fuiste muy amable al intentar protegerme, pero hace mucho que yo ya sabía la verdad. ¿Qué pasó aquella tarde, hijo?

–Ojalá lo supiera –contestó él–. Volví de Nueva York antes de lo planeado, pero cuando llegué, Yannis me dijo que Kate se había ido a pasar el día fuera. Fui a la casa a cambiarme. Estaba muy cansado por el viaje, así que después de darme una ducha, me tumbé sobre la cama para dormir un rato. Lo siguiente que recuerdo fue que en una ocasión me tocaste –le dijo a Kate– y yo te dije que te quería.

Kate abrió los ojos y se llevó la mano a la garganta, pensando que iba a ahogarse.

–Pero cuando me desperté–siguió él como para sí mismo–, me encontré con que me habías dejado... con una nota en la que me decías que nuestro matrimonio se había acabado –torció la boca–. Pensé que seguirías enfadada, pero no creí que te pudieras marchar sin darme otra oportunidad... Pero claro, lo que yo no sabía era que habías descubierto mi flagrante infidelidad –después añadió pensativo–: No me extraña que no quisieras quedarte conmigo.

–Ari –dijo Victorine desesperada–. No les escuches. Esto es una locura.

–Lo que me parece es que aquella tarde sucedió algo que hizo que Katharina se marchara y quisiera acabar su matrimonio con mi hijo. Y eso es muy serio. O quizá no –añadió pensativo–. Quizá fue todo una broma... que se fue de las manos –miró a Victorine–. ¿Es eso lo que pasó?

Hubo un largo silencio, después Victorine asintió:

–Una broma, sí. Pero ella fue tan estúpida, que no se dio cuenta de que le estaba tomando el pelo –añadió con una mirada venenosa.

–Ya entiendo –dijo Ari–. Pero, ¿por qué no le explicaste la broma cuando te diste cuenta de que todo había salido mal, que había hecho mucho daño? ¿Porque debiste darte cuenta enseguida?

Victorine se encogió de hombros a la defensiva.

–Ninguno de los dos estaba aquí. Michalis estaba trabajando y la chica estaba en Londres.

–¿La chica? –repitió Mick con un gruñido–. Habla de mi esposa con respeto.

–¿Qué quieres que respete? Ella no tiene nada,

no es nada. ¿Qué puede ella ofrecerle a un hombre? Y tú... tú podías haberme tenido a mí.

Se hizo otro silencio y Mick dijo con amabilidad.

–Nunca hablamos de matrimonio, Victorine, te lo dejé claro desde el principio. Si pensaste que eso podía cambiar, lo siento.

–¿Lo sientes? –echó la cabeza hacia atrás y rio histérica–. Desde luego que lo has sentido. Como te merecías. Porque ningún hombre acaba conmigo. Yo soy la que los deja, siempre.

–Así que de eso es de lo que se trata –cerró los ojos–. No puedo creérmelo.

–Entonces tu mujer te dejó. Así que ya sabes lo que es eso. Eso me hizo muy feliz –volvió a reír.

–Por favor –la voz de Kate apenas era audible–. No creo que pueda soportar esto ni un minuto más.

–No tienes que hacerlo, *pedhi mou*. Ninguno de nosotros –dijo Ari y miró a Mick–. Ve con tu mujer, hijo. Arreglad las cosas entre vosotros– hizo una pausa–. Pero, por favor, antes pídele a Iorgos que venga; tenemos algunas cosas que arreglar. Y mándame también a Androula para que ayude a Victorine a hacer su equipaje.

–¿Me estás diciendo que me vaya? –preguntó la mujer con la voz rota.

–Sí –respondió él–. Debería haberlo hecho hace mucho tiempo –dijo con un suspiro amargo–. Me equivoqué al traerte aquí y lo sabía. Fue un acto de orgullo... y de estupidez, de un hombre que ha discutido con su hijo –miró a Mick–. Me hacías sentirme viejo, Michalis, y yo no quería eso. Quería seguir siendo joven y fuerte. Pero, ahora, he aprendido la lección.

–¿Me vas a echar de aquí? ¿Después de lo que hemos sido el uno para el otro? –dijo ella suplicante.

–Eres una mujer hermosa, Victorine. Y so soy un rico estúpido. No es una combinación admirable –hizo una pausa y después añadió enérgicamente–: Pero no perdamos más tiempo en recriminaciones. Iorgos te llevará a donde tú le digas.

Ella se puso de pie tambaleante.

–Sí, eres un estúpido... al pensar que yo podía quererte. Era a Michalis... siempre. Pensé que si venía aquí podría conseguir que me quisiera de nuevo.

–Él lo supo desde el principio –replicó Ari–, pero yo no quise verlo y discutimos de nuevo. Pero ahora ya ha acabado todo. Y tú tendrás que buscarte a otro rico estúpido.

–Pero, entonces, la trajo a ella –continuó Victorine como si él no hubiera hablado–. Vi la forma en que la miraba, en que le hablaba... y supe que estaba enamorado de ella. Cuando ella llamó a Yannis, yo oí la conversación, así que fui a la casa de la playa y me encontré a Michalis dormido –se le escapó una risa gutural–. Fue perfecto. Todo lo que tenía que hacer era desvestirme y esperar.

Kate se llevó una mano a la boca.

–¡Oh, Dios!

Mick la rodeó con un brazo y la atrajo hacia él.

–Ven, *agapi mou*. No tienes que seguir escuchando. Vámonos a casa.

–Cuídala –se despidió Ari–. Pero no olvides que tenemos invitados. Necesito que Katharina presida la mesa del desayuno.

–Entonces te vamos a defraudar –le dijo Michael mientras se alejaban–. No nos esperes hasta la cena.

En el vestíbulo, le dijo a Kate:

–Voy a buscar a Iorgos y a Androula.

–Te espero en la terraza.

El viento era fresco y limpio. Kate se apoyó en la balaustrada, observando las olas a través de los pinos.

Él volvió a su lado.

–¿En qué estás pensando?

–Ha sido horrible –dijo ella con un escalofrío.

–Quizá, pero también muy efectivo.

–¿Cómo diablos la conoció tu padre?

–En una fiesta. Me imagino que ella no estaba allí por casualidad. Seguro que lo convenció de que me había dejado y que los jóvenes le parecían aburridos. En aquel momento, aquello era justo lo que él quería oír. Estaba muy solo –Mick suspiró–. Intenté avisarle, pero él me dijo que estaba celoso porque ella lo había preferido a él. Una pesadilla.

–¿Así que necesitabas una esposa?

–Te necesitaba a ti, *agapi mou* –la rodeó con un brazo y juntos caminaron por el sendero entre los pinos–. Desde la primera vez que te vi. ¿Crees que fui a Londres por casualidad? –meneó la cabeza–. Fui a buscarte. Al principio no pensaba en el matrimonio; pero mucho antes de que hiciéramos el amor, sabía que no podría vivir sin ti.

–Aun así te fuiste a Nueva York solo.

–Sí –respondió–. Y te eché muchísimo de menos. ¿Es eso lo que quieres oír? Por eso volví antes de lo previsto, para decirte que había sido un estúpido y pedirte que me perdonaras. Nunca volveré a ir a ningún sitio sin ti.

Se quedó en silencio un momento.

–También supe que tenía que contarte por qué

no quería tener hijos. No era justo esconder mis temores. Pero no estaba acostumbrado a dar explicaciones... ni a estar casado. Cuando me desperté y vi que te habías marchado, me sentí como si me hubieran roto el corazón. Quise ir detrás de ti inmediatamente, pero pensé que era mejor darte tiempo para que te calmaras un poco y que me echaras de menos.

—Y yo te pedí el divorcio.

—Ese fue el peor día de mi vida. Pensé que te habías cansado de mí.

—¿Cómo pudiste pensar eso? ¿Sabías lo que sentía por ti?

—Nunca me lo habías dicho.

—Tú tampoco —señaló ella—. Hasta aquella tarde horrible, pero entonces pensé que me habías tomado por Victorine.

—Cualquier tonto se habría dado cuenta de que estaba loco por ti. Incluso Victorine lo vio.

Un temblor le recorrió de los pies a la cabeza.

—Ha estado a punto de destruir nuestro matrimonio. Oh, Mick. ¡Qué frágil es la felicidad!

—Juntos la haremos fuerte —la tomó en brazos y atravesó con ella el umbral de la casa—. Nuestro matrimonio comienza de nuevo. Te quiero tanto, amor mío.

—Sí —dijo ella con una sonrisa radiante—. Yo también te quiero. Ahora y para siempre.

—Para siempre —repitió él con un suspiro, y la besó.

Bianca®...
la seducción y fascinación del romance

No te pierdas las emociones que te brindan los títulos de Harlequin® Bianca®.

¡Pídelos ya! Y recibe un descuento especial por la orden de dos o más títulos.

HB#33547	UNA PAREJA DE TRES	$3.50	☐
HB#33549	LA NOVIA DEL SÁBADO	$3.50	☐
HB#33550	MENSAJE DE AMOR	$3.50	☐
HB#33553	MÁS QUE AMANTE	$3.50	☐
HB#33555	EN EL DÍA DE LOS ENAMORADOS	$3.50	☐

(cantidades disponibles limitadas en algunos títulos)

CANTIDAD TOTAL	$ _____
DESCUENTO: 10% PARA 2 Ó MÁS TÍTULOS	$ _____
GASTOS DE CORREOS Y MANIPULACIÓN	$ _____
(1$ por 1 libro, 50 centavos por cada libro adicional)	
IMPUESTOS*	$ _____
TOTAL A PAGAR	$ _____

(Cheque o money order—rogamos no enviar dinero en efectivo)

Para hacer el pedido, rellene y envíe este impreso con su nombre, dirección y zip code junto con un cheque o money order por el importe total arriba mencionado, a nombre de Harlequin Bianca, 3010 Walden Avenue, P.O. Box 9077, Buffalo, NY 14269-9047.

Nombre: _____

Dirección: _____ Ciudad: _____

Estado: _____ Zip Code: _____

cuenta (si fuera necesario):_____

ntes en Nueva York deben añadir los impuestos locales.

Harlequin Bianca®

Rafe deseaba a Isabel, pero su trabajo era
fotografiar a la futura novia, no seducirla. Fue entonces cuando descubrió, para su sorpresa, que la
boda se había anulado...

Sin dudarlo dos veces, Isabel le pidió a
Rafe que la acompañara en lo que habría sido su
luna de miel. El amor no formaba parte del trato,
pero el guapísimo Rafe Saint Vincent podría ayudarla a olvidar el abandono que había sufrido. Cuando
se terminó la luna de miel, Isabel descubrió que, de
forma accidental, se había queda-
do embarazada...

Anhelo secreto

Miranda Lee

PÍDELO EN TU PUNTO DE VENTA

A pesar de estar acusado de un delito que no
había cometido, Sebastian Wescott no estaba dispuesto a admitir que necesitaba ayuda. Él sabía que era
inocente y no necesitaba que Susan Wysocki, aquella
guapísima abogada de ojos vulnerables, lo demostra-
ra. Pero Susan sí lo necesitaba a él; aquel caso podría
darle cierta reputación que podría ayudarla a salvar su
negocio. Para empeorar la cosas, entre ellos había surgido una inmediata atracción que ninguno de los dos
podía negar. Y, mientras Susan se esforzaba en probar
su inocencia, él cada vez se sentía más culpable...
¡porque estaba enamorándose locamente de ella!